내가 만난 빈센트

빈첸시오 성인

내가 만난 빈센트(빈첸시오 성인)

ⓒ 이병욱, 2026

1판 1쇄 인쇄 _ 2026년 4월 05일
1판 1쇄 발행 _ 2026년 4월 10일

지은이 _ 이병욱

펴낸이 _ 홍정표
펴낸곳 _ 작가와비평
　　　　등록 _ 제2018-000059호

공급처 _ (주)글로벌콘텐츠출판그룹
　　　　대표 _ 홍정표 이사 _ 김미미 편집 _ 백찬미 남혜인 권군오
　　　　디자인 _ 가보경 기획·마케팅 _ 홍민지
　　　　주소 _ 서울특별시 강동구 풍성로 87-6 전화 _ 02-488-3280 팩스 _ 02-488-3281
　　　　홈페이지 _ www.gcbook.co.kr 메일 _ edit@gcbook.co.kr

값 13,000원
ISBN 979-11-5592-390-0 03810

내가 만난 빈센트

빈첸시오 성인

이병욱 지음

작가와비평

2025년 봄, 가족 행사차 파리를 방문했을 때 나는 루브르 박물관도, 에펠탑도 제쳐두고 850킬로미터를 달려 피레네산맥 북쪽의 작은 농촌마을로 향했다. 왜 그랬을까. 빈첸시오 성인이 태어나고 자란 그곳의 공기를 마시고 싶었기 때문이다. 1581년 가난한 농부의 아들로 태어나 평생 어려운 이웃을 섬기며 살았던 그분의 흔적을 직접 보고 싶었다.

"가난은 나라님도 구하지 못한다."라는 옛말이 있다. 빈센트 성인은 이미 400년 전에 세상 속 가난을 구제하고 어려운 이웃에게 희망을 주는 활동에 나섰으며, 그의 정신과 실천원리는 오늘날까지 거의 대부분의 사회복지 활동단체와 봉사자들의 롤 모델이 되고 있다.

빈센트 성인과의 인연은 작은 실수에서 시작되었다. 1997년 12월, IMF 외환위기의 한복판이었다.

전국경제인연합회이하 전경련에서 금융재정 정책과 기업구조조정을 총괄하며 눈코 뜰 새 없이 바쁜 나날을 보내던 나는 주일 미사 후 성당에서 회원 가입서 한 장을 받았다. 후원회원 란에 체크하려다 실수로 활동회원 란에 잘못 기재하였다. 그 작은 실수가 내 인생을 완전히 바꾸어놓았다.

1998년 1월부터 매 주말 어려운 이웃을 방문하기 시작했다. 임대아파트의 좁은 집에서 삼겹살과 막걸리로 차린 회갑잔치에서 진정한 행복을 배웠다. 백혈병 딸을 하늘나라로 보낸 어머니의 간구하는 모습에서 기도하는 법을 배웠다. 수많은 활동 속에 28년이 흘렀다.

이 책은 빈첸시오회 현장 활동가가 되고, 협의회와 지역사회 지도자를 거쳐, 한국이사회 회장으로서 어려운 이웃을 섬기며 걸어온 여정이다. 하지만 단순히 개인의 회고록이 아니다. 2020년 코로나 감염병 사태로 사회적 거리두기가 시작되던 때에 마스크와 방역복을 싣고 대구와 안동으로 달려갔던 그날의 긴장감. 고독사 예방 운동을 시작하며 만났던 수많은 외로운 이웃들과 봉사자들. 그 모든 순간 속에 함께했던 수많은 빈첸시안들의 이야기이기도 하다.

빈첸시오 성인은 말씀하셨다. "가난한 이를 섬기는 것은 곧 예수 그리스도를 섬기는 것이다." 처음에는 이 말씀을 머리로만 이해했다. 하지만 28년간 어려운 이웃을 만나며 가슴으로 깨달았다. 그들 안에 정말 예수님이 계셨다. 그들이 내게 겸손과 감사를, 인내와 기도를 그리고 평화를 가르쳐주었다. 내가 주는 것보다 훨씬 더 많은 것을 받았다.

이것이 바로 희망 안에서 섬기Serving in Hope는 빈센트 성인의 정신이다. 1617년 빈센트 성인이 샤티용 마을에서 최초의 자선회를 조직한 이래 400년이

넘도록, 이 정신은 시대와 국경을 넘어 전해져 왔다. 1833년 프레드릭 오자남과 일곱 명의 청년들이 파리에서 빈첸시오회를 창립했을 때, 그들이 전한 것도 절망 속에 있는 이들에게 '당신도 소중한 사람'이라는 희망의 메시지였다. 이러한 빈센트 성인의 정신이 오늘날 전 세계 150개국 80만 명의 빈첸시안들을 하나로 묶고 있다.

이제 인공지능 시대의 도래로 디지털 격차, 관계의 단절, 일자리 변화, 청년 빈곤, 노년 고독사 등의 새로운 형태의 가난이 생겨나고 있다. 하지만 400년을 이어온 빈센트 성인의 정신은 여전히 유효하다. 아니, 더욱 절실하다. 기술이 발전할수록 사람의 손길은 더 소중해진다. 직접 찾아가 문을 두드리고, 함께 앉아 대화하고, 손을 잡아주는 것. 이 단순한 실천이 절망을 희망으로 바꾼다. 그리고 희망 안에서 섬기는 삶의 아름다움을 느끼게 한다.

아무쪼록 이 책이 이웃사랑을 실천하고자 하는 모든 분들께, 사랑의 진정한 의미를 찾는 이들에게, 그리고 희망 안에서 가치 있는 삶을 살고 싶어 하는 젊은이들에게 영감을 줄 수 있기를 기대한다.

이 글을 쓰면서 주님께서 늘 함께하심을 느낄 수 있었다. 끝으로 하느님 곁에서 지켜보실 빈센트 성인께 감사드린다. 동고동락해 온 모든 빈첸시안과 김용국 사장 등 사회적 약자를 위한 정책연대사업에 함께해 주신 분들께 감사드린다. 그리고 시련의 순간을 열매를 맺는 시간으로 만들어 준 가재산 회장한국디지털문인협회과 김영희 작가에게 감사드린다.

그들은 현명관 회장전 삼성물산 회장과 우리 부부에게 특별 프로그램을 만들어 주었다. 눈을 다쳐 컴퓨터로 글을 쓸 수 없는 나에게 구술로 글을 쓰고, AI로

편집하는 등 책 펴내는 법을 소상하게 가르쳐주었다. 또한 강연과 프로그램을 통해 스마트폰과 AI를 활용하여 글 쓰는 법의 중요성을 일깨워 준 덕수포럼 조재연 회장 관계자들께도 깊이 감사드린다.

책표지를 그려주고 필자가 구술로 녹음한 것을 편집하여 AI 등을 활용해 오탈자를 수정해 주고 삽화도 그려준 아내 안성옥 화가와, 빈센트 성인의 고향 마을까지 함께 동행해 준 아우 이세욱 작가에게도 감사드린다. 끝으로 어려운 출판사업 환경 속에서도 사회적 약자들을 위해 본 서 출간을 기꺼이 수락해 주신 (주)글로벌콘텐츠출판그룹 홍정표 대표와 김미미 이사께도 깊이 감사드린다.

2026년 4월 이병욱

목차

제1장

우연한 만남, 운명이 되다

1997년 12월, 잘못 기재한 가입신청서

1997년 12월, 대한민국 경제는 IMF 외환위기라는 거대한 파도에 휩싸였다. 전경련 금융재정 실장으로서 기업 금융과 기업정책을 총괄하던 나는 외환위기 극복을 위한 정책 마련과 신정부의 정책 대응 준비로 눈코 뜰 새 없이 바쁘던 시기였다. 잠 못 이루는 밤이 계속되었고, 신앙인으로서 주일 미사 외에는 아무것도 할 수 없는 나날이었다.

그해 12월 말, 주일 미사에 참례했을 때 한 낯선 단체의 회원 모집 캠페인이 한창이었다. "성 빈첸시오 아 바오로회"라는 이름은 처음 들었다. 어려운 이웃을 돕는 세계적인 평신도 단체라고 했다. 회원들의 적극적인 권유에 밀려 마지못해 가입 신청서를 작성했다. 나는 매월 일정 금액을 기부하는 후원회원이 될 생각이었다. 그런데 실수로 활동회원 란에 체크하고 말았다.

활동회원은 매주 회합에 참석하여 협의하고, 직접 어려운 이웃을 방문하여 그들을 돕는 봉사회원이었다. 황급히 정정하려 했지만, 그들이 건넨 홍보 자료를 읽다 보니 이상한 끌림이 느껴졌다. 그동안 제대로 하지 못했던 신앙 활동을 조금은 할 수 있겠다는 생각이 들었다. 결국 후원회원과 활동회원을 동시에 가입하게 되었다.

프레드릭 오자남은 1833년 파리 소르본 대학의 스무 살 청년이었을 때, 가난한 이들을 직접 찾아가 도와야 한다는 절실함으로 여섯 명의 동료와 함께 빈첸시오회를 창립했다. 그는 "말로만 하는 사랑은 아무것도 아니다. 우리는 가난한 이들의 집으로 직접 가야 한다."라고 말했다. 그의 이 결단이 오늘날

150개국, 80만 명의 회원을 가진 세계적인 단체로 성장하게 만들었다.

　1998년 1월, 처음으로 빈첸시오회 회합에 참석했다. 낯선 얼굴들 사이에서 나는 어색하게 앉아 있었다. 그런데 회합이 시작되면서 그들이 부르는 회원 회가가 내 마음을 두드렸다. "가난한 이웃을 내 몸처럼 사랑하라 하셨기에 우리들은 사랑 심는 빈첸시오 회원들…"이라는 가사가 계속 귓가에 맴돌았다. 이것은 단순한 자선 활동이 아니라, 신앙의 본질을 실천하는 길이라는 것을 그 순간 깨달았다.
　잘못 기재한 신청서가 내 인생의 방향을 완전히 바꾸어 놓았다. 우연처럼 보이는 그 순간이 사실은 하느님의 섭리였음을 나는 이제 안다.

매주 일요일,
낯선 이름 빈첸시오^{빈센트} 성인

SAINT VINCENT
DE PAUL
1581~1660

« L'AMOUR est
inventif
jusqu'à l'INFINI »
(1645)

처음 그 성인의 이름을 들었을 때 나는 빈첸시오빈센트 성인이 누구인지 전혀 몰랐다. 한국에서 익숙한 성인들—김대건, 정하상 등과는 달리, 성 빈첸시오 드 뽈 Vincent de Paul이라는 이름은 낯설고 멀게만 느껴졌다.

처음 협의회를 창설한 프레드릭 오자남이 프랑스 출신이고 빈첸시오 성인이 태어난 곳도 프랑스인데 한국에서는 뱅생 드 뽈

회가 아닌 빈첸시오회라고 하는 명칭을 사용한 것도 이해되지 않았다. 미국문화에 익숙한 나로서는 빈첸시오회 대신에 빈센트회라고 부르는 것이 더 친근하게 느껴진다. 그래서 신앙인이 아닌 분들과 대화할 때는 빈센트 성인이나 빈센트회라고 말하곤 한다.

회합에 참가하면서 나는 조금씩 그분에 대해 알게 되었다. 1581년 프랑스 랑드 지방의 가난한 농부 집안에서 태어난 빈센트는 일찍이 출세를 꿈꾸며 사제가 되었다고 했다.

어머니를 편히 모시고 싶어 서둘러 사제 서품을 받았지만, 삶의 여러 시련을 겪으며 그는 근본적으로 변화했다. 그리고 개인의 출세보다 공동선을, 명예보다 이웃사랑을 우선시하는 사제로 변모하였다.

그는 1617년 샤티용-레-동브 마을에서 가난한 농부 가족의 비참한 처지를 목격하고 충격을 받았다. 미사 중에 신자들에게 그 가족을 도와달라고 호소했고,

그날 저녁 너무 많은 음식이 한꺼번에 신자들이 가져
온 음식물이 너무 많이 쌓여 썩어버리는 것을 보았다.
즉흥적인 자선이 아니라 조직적이고 지속 가능한 도
움이 필요하다는 것을 깨닫고 자선회Confraternity of
Charity를 설립했다.

    회합에 참석하면서 나는 빈첸시오회의 독특한 방
식을 배웠다. 단순히 돈을 주는 것이 아니라 직접 방
문하여 어려운 이웃과 대화하고, 그들의 필요를 경
청하며, 영적·물질적 도움을 주는 것이다.
    로잘리 랑뒤Rosalie Rendu 수녀는 파리 빈민가에서
평생을 헌신하며 프레드릭 오자남과 청년들에게 "가
난한 이들에게 가라. 그들이 당신의 스승이 될 것이
다."라고 가르쳤다.

    매주 주말 회합에서는 우리가 방문한 이웃들의 이
야기를 나누었다. 그 이야기들 속에서 나는 빈센트
성인의 정신이 400년이 지난 오늘날에도 살아 숨 쉬

고 있음을 느꼈다.

빈센트 성인은 "한 자매가 하루에 열 번 병자를 찾아가면, 그곳에서 열 번 하느님을 만나게 될 것이다."라고 말씀하신다. 매 주말, 나는 그 낯선 이름 '빈첸시오'를 통해 하느님을 만나는 법을 조금씩 배워가고 있었다. 이것은 단순한 봉사 활동이 아니라, 진정한 신앙인의 삶이라는 것을 깨달아가고 있다.

빈첸시오 회원회가와 회원선서

매주 회합은 기도로 시작되었다. 그중에서도 가장 내 마음을 울린 것은 빈첸시오회의 회원회가였다. 단순한 멜로디에 실린 가사는 깊은 울림을 주었다.

"가난한 사람들의 참된 이웃 되어
평생을 몸 바치신 성인의 뒤를 따라
불쌍한 형제들을 돕는 자 되고저
한마음 한뜻으로 모인 우리들

형제가 궁핍할 때 우리도 궁핍하고
형제가 기뻐할 때 우리 또한 즐겁게

언제나 우리는 형제들과 더불어
주님의 사랑을 보이며 살아가리

말로만 참된 사랑 보일 수 없고
행동으로 보여줘야 참사랑이라
우리의 마음들을 한데 모아서
어려운 형제들을 도우며 살리라

이웃을 내 몸처럼 사랑하라 하셨기에
우리들은 사랑 심는 빈첸시오 회원들”

이 회가를 부를 때마다 나는 내가 그동안 얼마나
이웃사랑을 소홀히 했는지 돌아보게 되었다. 바쁘다
는 핑계로, 여유가 없다는 이유로, 나는 우리 주변의
가난한 이들을 외면하고 살았다. 그런데 이 회가는
나에게 물었다.
“당신은 정말 그리스도인인가?”

빈첸시안 서약문은 더욱 구체적이고 강렬했다.

하나. 영육간 자선 행위를 통하여 그리스도 사랑의 계명이 모든 이들에게 충만하도록 가능한 모든 일을 다 할 것을 서약한다.

하나. 빈첸시안으로서 의무를 성실히 수행할 수 있도록 기도와 성사 참례를 통하여 우리 자신을 성화할 것을 서약한다.

하나. 영적, 물적으로 가난한 이들과 병든 이들의 고통을 덜어주기 위하여 그들의 가정과 시설을 방문할 것을 서약한다.

하나. 우리의 활동을 통하여 신앙과 복음을 나눔으로써 고통을 겪는 우리 이웃들에게 믿음의 깨달음을 전할 것을 서약한다.

하나. 우리 영혼의 열정이 불타도록 연례피정과 우리 회의 축일행사에 참가할 것을 서약한다.

하나. 각자의 여건에 맞추어 자선헌금 모금에 동참하여 자선사업을 지원할 것을 서약한다.

하나. 우리회의 지속적 발전을 위하여 회원 확장과

청년 빈첸시안 육성에 특별한 관심을 가질 것을 서약한다.

하나. 빈첸시안 소명 안에서 강해질 수 있도록 우리 서로를 위하여 기도할 것을 엄숙히 서약한다.

프레드릭 오자남은 빈첸시오회를 창립하면서 이렇게 말했다.

"우리는 단순히 선행을 하는 것이 아니다. 우리는 가난한 이들 안에서 그리스도를 섬기는 것이다."

그의 말처럼, 회원선서는 단순한 약속이 아니라 삶의 방향을 근본적으로 바꾸는 결단이었다.

나는 회원선서를 하면서 1649년 8월 빈첸시오 성인이 하신 말씀을 떠올렸다.

"하느님을 사랑합시다. 그러나 말로만이 아니라, 팔을 움직이고 이마에 땀을 흘리며 사랑합시다."

이 말씀은 내가 그동안 해왔던 신앙생활이 얼마나 관념적이었는지를 깨닫게 해 주었다. 나는 기도하

프레드릭 오자남의 유해가 안치된
파리6구에 소재한 성 가르멜 성당
(Eglise Saint-Joseph-des-Carmes 성당)
벽에 설치된 그의 기념 부조

고, 미사에 참례하고, 헌금을 냈지만, 정작 가난한 이웃을 직접 찾아가 본 적은 없었다.

로잘리 랑뒤 수녀는 파리 무프따르 거리의 빈민촌에서 54년간 봉사하며 수많은 가난한 이들을 도왔다. 그녀는 오자남과 청년들에게 가난한 이들의 집으로 직접 가서 그들의 이야기를 들으라고 가르쳤다.

"가난한 이들은 우리의 주인이다. 그들을 섬기는 것이 바로 그리스도를 섬기는 것이다."

회원회가와 회원선서는 내게 새로운 정체성을 부여했다. 나는 단순히 경제단체 구성원이나 정책 전문가가 아니라 빈첸시안으로서 가난한 이 안에서 그리스도를 섬기는 사람이었다. 그 정체성은 내 삶의 모든 영역에 영향을 미치기 시작했다.

가난한 농부의 아들, 빈센트

빈센트 성인을 알아가면서 나는 묘한 동질감을 느꼈다. 그분도 나처럼 가난한 농부의 아들로 태어났기 때문이다. 1581년 프랑스 랑드 지방 뿌이Pouy 마을, 빈센트는 목동으로 돼지와 소를 돌보며 어린 시절을 보냈다. 성인은 자신이 겸손을 강조하기 위해 귀족들 앞에서도 자신이 농부의 아들임을 자주 언급했다.

나 역시 충청북도 음성의 가난한 집안에서 4남 1녀 중 장남으로 태어났다. 집안을 일으키고 동생들을 공부시키려는 일념으로 학창시절 진로를 고민했었다. 빈센트 성인도 비슷했다. 그는 빨리 출세하여 어머니를 편히 모시고 싶어 사제가 되기로 결심했다.

집안의 기대를 한 몸에 받으며 신학교에 들어갔고, 20세에 사제 서품을 받았다. 그러나 그의 초기 사제 생활은 순탄하지 않았다. 귀족 가문의 가정교사로 들어가 출세를 도모하려 했지만, 삶은 그를 다른 길로 인도했다.

1617년, 36세의 빈센트 사제는 샤티용-레-동브 마을에서 병든 농부 가족의 비참한 상황을 목격했다. 그 순간 그의 인생이 바뀌었다. 개인의 출세와 명예를 추구하던 사제가, 가난한 이들을 위해 평생을 헌신하는 성인으로 변화한 것이다.

나 역시 비슷한 전환점을 경험했다. IMF 외환위기 속에서 기업 구조조정을 총괄하며 출세 가도를 달리고 있었지만, 빈첸시오회를 통해 어려운 이웃을 만나면서 삶의 우선순위가 바뀌기 시작했다. 출세와 성공보다 더 중요한 것이 있다는 것을 깨달았다.

신학자이자 법학자인 프레드릭 오자남도 비슷한 배

빈센트 성인 생가

경을 가졌다. 그는 변호사로 성공할 수 있는 길을 포기하고, 가난한 이들을 위해 평생을 헌신했다. 그는 말했다.

"우리는 빈첸시오 성인의 정신을 계승해야 한다. 가난한 이들의 친구가 되어야 한다."

빈첸시오 성인은 자신의 가난한 농촌 출신임을 부끄러워하지 않았다. 오히려 그것을 통해 가난한 이들의 마음을 더 잘 이해할 수 있었다.

가난한 농부의 아들로 태어난 나는 400년의 시간을 뛰어넘어 빈센트 성인과 함께 걷는 동반자의 길을 걷고 있는 느낌이다. 우리는 출세와 성공을 추구하다가 더 큰 소명을 발견한 점도 닮은꼴이다. 빈센트 성인은 동반자이면서 스승으로서 어려움에 직면할 때마다 나를 희망의 길로 인도한다.

순교 없이 성인이 된 사람

한국 천주교회는 순교자들의 피로 세워진 교회다. 김대건 안드레아 신부, 정하상 바오로, 수많은 순교 성인들이 신앙을 증거하기 위해 목숨을 바쳤다. 그래서 나는 순교를 해야만 성인이 되는 줄로 알았었다. 하지만 성 빈첸시오 드 폴St. Vincent de Paul은 달랐다. 그는 순교하지 않고도 성인이 되었다.

빈센트 성인은 1660년 9월 27일, 79세의 나이로 파리에서 선종했다. 칼이나 화형이 아니라, 침대에서 평화롭게 눈을 감았다. 하지만 그의 삶 자체가 순교였다. 매일매일 자신을 비우고, 가난한 이들을 섬기며, 하느님의 사랑을 실천하였다.

그는 갤리선 노예들, 전쟁 난민들, 버려진 아이들, 병든 노인들을 위해 평생을 바쳤다. 선교회Lazarists를 설립하여 농촌에 복음을 전했고, 루이즈 드 마리악과 함께 자선수녀회Daughters of Charity를 창립하여 가난한 이들을 체계적으로 도왔다. 그의 사랑은 프랑스를 넘어 아프리카 마다가스카르까지 이어졌다.

1737년, 선종 후 77년 만에 빈센트는 교황 클레멘스 12세에 의해 시성되었다. 순교하지 않고도 성인이 된 것이다. 이것은 내게 큰 위로와 희망이 되었다. 오늘날 대부분의 신앙인들은 순교할 기회가 없다. 종교의 자유가 보장된 시대에 우리는 어떻게 성인을 닮아 갈 수 있을까?

프레드릭 오자남도 "우리 시대에는 신앙을 증거할 새로운 방법이 필요하다."라고 말하며 "가난한 이들을 사랑하는 것"이 순교의 삶임을 강조하였다. 오자남은 1813년에 태어나 1853년, 40세의 젊은 나이에 선종했다. 그 짧은 생애 동안 그는 빈첸시오회를 창립하고, 수많은 가난한 이들을 도왔으며, 파리 대학에서 법학을 가르치며 지식인들에게 사회적 책임을 일깨웠다. 그는 1997년 교황 요한 바오로 2세에 의해 복자Blessed로 시복되었다.

로잘리 랑뒤 수녀 역시 순교하지 않았지만, 파리 빈민촌에서 54년간 헌신하며 수만 명을 도왔다. 그녀는 2003년 복자품에 올랐다. 이들은 모두 일상의 사랑 실천으로 성인의 반열에 오른 사람들이다.

순교 없이 성인이 된 빈첸시오. 그는 내게 더 가까이 다가왔다.

부자와 가난한 이를 잇는 다리

빈센트 성인의 가장 탁월한 점은 부자와 가난한 이를 연결하는 '다리bridge' 역할을 했다는 것이다. 그는 가난한 농부의 아들로 태어났지만, 사제가 된 후 귀족과 왕실 사람들을 영적으로 지도하는 위치에 올랐다. 동시에 그는 갤리선 노예, 전쟁 난민, 거리의 부랑자들과도 직접 만나며 그들의 고통을 이해했다.

1613년, 빈센트는 프랑스 최고의 명문가인 공디Gondi 가문의 가정교사가 되었다. 공디 부인은 그의 영적 지도를 받으며 가난한 이들을 돕는 데 많은 재산을 사용했다. 빈센트는 이렇게 부유한 사람들이 가진 자원을 가난한 이들에게 흐르게 하는 통로가 되었다.

동시에 그는 가난한 이들의 필요를 정확히 파악하고 있었다. 1617년 샤티용 마을에서 병든 가족을 도우면서, 그는 즉흥적인 자선이 아니라 조직적이고 지속 가능한 도움이 필요하다는 것을 깨달았다. 그래서 자선회를 만들고, 체계적인 방문과 지원 시스템을 구축했다.

빈센트 성인은 "이웃이 하느님을 사랑하지 않는다면, 나 혼자 하느님을 사랑하는 것으로는 충분하지 않다. 나는 이웃을 하느님의 모습이자 그분의 사랑의 대상이기 때문에 사랑해야 한다."라고 말씀하셨다.

이 말씀은 그의 다리Bridge 역할의 중요성을 보여준다. 그는 부자들에게 가난한 이들이 하느님의 모습이라는 것을 가르쳤고, 가난한 이들에게는 그들이 결코 버려진 존재가 아니라는 것을 일깨워 주었다.

나 역시 비슷한 위치에 있었다. 전경련에서 일하면

서 나는 한국의 최고 재벌 기업인들과 회의하고 정책을 논의했다. 삼성, 현대, LG, SK 등 대한민국 경제를 움직이는 주요 기업인이나 경영자들을 자주 만났다. 동시에 빈첸시오회를 통해 나는 월세방에서 끼니를 걱정하는 독거노인, 조손가정, 다문화가정, 병원비가 없어 치료를 포기하는 가장, 혼자 외롭게 죽어가는 고독사 위험군을 만났다.

프레드릭 오자남도 같은 역할을 했다. 그는 소르본 대학의 법학 교수로서 지식인 사회에 영향력을 행사했지만, 동시에 파리 빈민촌을 직접 방문하며 가난한 이들과 함께했다. 그는 부유한 학생들과 지식인들을 설득하여 빈첸시오회에 참여하게 했고, 그들이 모은 헌금과 물품을 가난한 이들에게 전달했다.

로잘리 랑뒤 수녀는 오자남에게 "젊은이여, 가난한 이들에게 가십시오. 그들이 당신의 스승이 될 것입니다. 그리고 그들을 통해 부자들이 구원받을 것입니다."라고 말했다.

이 말씀은 다리Bridge 역할의 본질을 보여준다. 가난한 이들을 돕는 것은 단순히 자선이 아니라, 부자들이 구원받는 길이기도 하다는 것이다.

부자와 가난한 이를 잇는 다리 역할을 한 빈첸시오 성인의 길을 나도 따라 걷고 있었다.

십만 원 회갑잔치가 가르쳐준 것

1998년 6월 어느 일요일, 나는 빈첸시오회 회원들과 함께 서울 외곽의 한 임대아파트를 방문했다. 그날은 우리가 돕고 있던 어느 어르신의 회갑날이었다. 9평짜리 좁은 집 안에 동네 어르신 20여 명이 옹기종기 모여 있었다. 탁자 위에는 삼겹살, 막걸리, 김치가 소박하게 차려져 있었다.

회갑 주인공은 웃음이 끊이지 않았다. "이렇게 많은 분들이 와주셔서 정말 감사합니다." 그의 목소리에는 진심 어린 기쁨이 묻어났다. 어르신들은 막걸리 잔을 나누며 서로의 삶을 위로했다. 그 좁은 공간에 따뜻한 온기가 가득했다. 나중에 알고 보니 그 회갑잔치에 든 비용은 단돈 10만 원이었다.

그 광경을 보면서 나는 오래전 우리 아버지의 회갑잔치를 떠올렸다. 나는 장남으로서 성대한 잔치를 준비했다. 연회장을 빌려 값비싼 음식을 준비하고 많은 하객을 초대했다. 수천만 원을 들여 차린 회갑연이었다.

하지만 막상 그날, 우리 가족은 행복하지 않았다. 손님 접대에 쫓기느라 정작 아버지와 가족은 제대로 이야기도 나누지 못했다. 화려한 잔치는 끝났지만, 마음속에는 허전함만 남았다.

반면 10만 원으로 치른 그 소박한 회갑잔치에는 진정한 행복이 있었다. 사람들은 행복하게 진심을 나눴다. 돈이 아니라 관계가 중심이었다. 화려함이 아니라 소통이 본질이었다. 그 회갑잔치는 빈센트 성인이 말씀하신 '단순함'의 아름다움을 보여주었다. 복잡하고 화려한 것보다, 단순하고 진실한 것이 더 가치 있다는 것을 일깨워 주었다.

IMF 외환위기로 온 나라가 어려움에 빠진 그 시기, 나는 매일 기업 구조조정 문제로 머리가 복잡했다. 밤낮없이 일하는 나날을 보내다 보니 불평불만을 토로하고 싶은 때도 있었다. 하지만 그 회갑잔치를 보면서, 진짜 문제는 할 일이 많은 것이 아니라 감사할 줄 모르는 나 자신의 마음가짐이었다는 것을 깨달았다.

빈센트 성인은 이렇게 말했다.

"가난한 이들을 도울 때 우리는 그들에게 많은 것을 주는 것 같지만, 실제로는 그들이 우리에게 훨씬 더 많은 것을 줍니다. 그들은 우리에게 하느님의 자비와 구원을 선사하기 때문입니다."

성인의 말이 맞았다. 나는 그날 10만 원 회갑잔치에서 수천만 원으로도 살 수 없는 교훈을 배웠다. 행복은 소유의 크기가 아니라 나눔의 깊이에서 온다는 것을 깨달았다.

어려운 이웃들은 나에게 감사하며 겸손하게 사는

법을 가르쳐주었다. 그들은 적은 것으로도 기뻐할 줄 알았고, 서로를 위로할 줄 알았으며, 함께 웃을 줄 알았다. 그들이 바로 빈첸시오 성인이 말씀하신 '나의 스승'이었다.

성인은 또 말씀하셨다.

"가난한 이를 섬긴다는 것은 곧 예수 그리스도를 섬기는 것이다."

나는 그날 9평 임대아파트 10만 원 회갑잔치를 통해 예수님을 만났다. IMF 한복판에서 찾은 평화, 그것은 바로 가난한 이들이 가르쳐준 단순함과 감사의 마음이었다.

어려운 이웃 안에서 발견한 소중한 것들

잊혀지지 않는 슬픈 만남

　어려운 이웃과 오랫동안 만나면서 잊히지 않는 장면들이 있다. 제일 먼저 생각나는 것은 한 어머니가 병원에서 죽어가는 딸의 모습을 지켜보고 있던 장면이다. 두 번째는 그 딸이 죽고 나서 장례식장을 아들과 둘이서만 지키던 모습이다. 세 번째는 딸을 하느님 곁으로 보내고 한 달쯤 지나서 빈첸시오 회합실에서 만난 그 어머니의 모습이다.

　25년 전, 빈첸시오 회합에서 한 어려운 이웃에 대한 지원 제안을 받았다. 대상은 빈첸시오 회원의 자녀가 다니는 초등학교의 같은 학급 동급생이었다.

백혈병 수술을 해야 하는데 돈이 부족해 전교생을 대상으로 모금 활동을 전개한다는 것이었다.

우리는 몇 차례 조사를 한 후 토의를 거쳐 수술비를 지원하기로 했다. 수술 후 그 어린이는 병이 치유되는 듯했다. 성당으로 찾아와 우리에게 인사까지 하곤 했다. 그러나 몇 년이 지나 백혈병이 재발하여 다시 수술을 해야 했다. 우리는 추가 수술비를 지원하기로 했다.

그런데 수술 중 아이의 상태가 더욱 악화되어 중환자실로 옮기게 되었다. 당시 바쁜 직장 생활과 논문 준비로 시간을 낼 수 없는 상황이었다. 그때 한 활동 회원이 말했다. "회장님 꼭 한번 같이 가셔야 되겠습니다."

이유를 물어보니 아이가 거의 죽어가는 상태로 중환자실에서 산소 호흡기를 대고 있는데, 어머니가 식음을 전폐하고 딸의 중환자실을 지키고 있다는 것이었다. 이제 딸을 하느님 곁으로 보내드려야 하는 때가 된 것 같아서 그를 설득시키기 위해 나와 함께 가자는 것이었다.

"가난한 이를 섬기기 위해 기도나 미사를 포기해도, 당신은 아무것도 잃지 않는다. 왜냐하면 가난한 이를 섬길 때, 바로 하느님께 나아가기 때문이다."

— 빈첸시오 성인

　퇴근 후 밤늦게 세브란스병원 중환자실로 달려갔다. 중환자실에 들어가니 여전히 어머니는 무의식 상태에 있는 딸 앞에서 조용히 기도하고 있을 뿐이었다. 함께하면서 딸의 산소 호흡기 댄 모습을 지켜보다가 문득 한 회원이 들려주었던 말이 생각났다.

　군 복무 시절 헬기 사고로 동료들은 다 죽었는데 혼자만 살아나서 1년 동안 수없이 많은 수술을 받고 거의 죽기 직전인 상황이었다고 한다.

　그러나 병원에 문병 오는 가족이나 친인척들의 이

야기를 들을 수 있었다고 한다. 본인은 몸을 움직일 수 없었지만 귀로는 그들이 하는 이야기를 들을 수 있었다. 그들은 그가 듣고 있는지도 모르면서 죽으면 어떻게 장례를 치러야 할지 등에 대해 이야기를 나누었다고 한다. 그러면서 사람이 죽기 전까지 가장 오랫동안 살아 있는 것은 귀라고 하는 그의 체험을 들려준 것이 생각났다.

병원에서 딸을 계속 지켜보던 어머니를 밖으로 불러내 회원들과 상의한 후 어머니와 잠시 대화를 나누었다.

"지금 따님은 움직일 수 없고 말도 못 하고 볼 수도 없지만 어머니가 밖에서 기도하며 흐느끼는 소리는 다 듣고 있습니다. 제가 생각하기에는 따님이 '이제 어머니가 저를 하느님 곁으로 보내주고, 식사도 잘 하시고 행복하게 지내시기'를 바라는 마음으로 지켜보고 있을 겁니다."

그러고 나서, 어머니께서 따님을 애처로워하는 마

음은 알겠지만, 또 딸 입장에서 어머니를 생각하는 마음도 소중하게 받아들여야 한다고 말하고 헤어졌다. 우리가 돌아온 그다음 날 딸은 하느님 곁으로 갔고 장례 준비를 하게 되었다.

그다음 날 우리 회원들은 장례식장을 찾았다. 빈소에는 어머니와 오빠만이 식장을 지키고 있었다. 2년 전에 집을 나간 아빠는 빈소에 나타나지도 않았다. 우리는 그동안 모았던 우리가 모은 적립금과 회원들이 낸 조의금을 전달하고 마지막 인사를 했다.

한 달쯤 지나 어머니가 빈첸시오 회합실을 찾아왔다. "감사합니다."라고 인사한 후 그저 흐느낄 뿐이었다. 10여 분간 침묵의 시간이 이어졌다. 나는 말했다.

"이제 따님은 하느님 곁에서 이 세상에 사시는 어머니를 보면서 '이제 저를 내려놓으시고 세상 속에서 편안하게 잘 사시기'를 기도할 겁니다. 이제 어머니께서도 따님을 위해서 매일 기도하면서 세상 속에서 잘 사는 것이 결국은 따님이 원하는 어머니의 삶

이라고 하는 점을 꼭 기억하시고 행복하게 사시길 바랍니다."

나는 이분을 만나고 난 이후로 십자가에 못 박혀 돌아가시는 아들 예수님을 바라보면서, 큰 슬픔과 고통 속에서 기도하시는 성모님의 모습을 떠올렸다. 백혈병으로 죽어가는 중환자실에 있는 딸의 모습을 지켜보며 기도하는 어머니와 성모님의 모습이 교차되었다.

그 이후로 나는 묵주기도를 생활화하게 되었다. 어려운 이웃과 고통받는 이들을 위해 그 어머니의 심정으로 기도하는 사람이 되었다. 어려운 이웃과의 슬픈 만남을 계기로 묵상하고 기도하는 습관을 갖게 된 것은 소중한 자산이다.

다리_{Bridge} 역할로 열매를 맺은 요셉의원

1998년 IMF 금융 외환위기 이후 우리 사회는 곳곳에서 가난한 이웃은 물론 어려움에 처한 봉사단체나 사회복지시설이 계속 늘어만 갔다. IMF 위기 이후 4년쯤 지났을 때 한 사제가 영등포역 근처에 소재한 요셉의원을 함께 방문하자고 제안했다.

요셉의원은 가난하고 병들어 사회에서 소외되고 버림받은 이들을 위해 1987년 의사출신인 선우경식 원장에 의해 설립된 자선의료시설이다.

그 당시는 왜 요셉의원을 방문하자고 하는지 잘 몰랐다. 아마도 요셉의원 원장이 사제에게 부탁을 한 것 같다. 당시 성당에서 빈첸시오 회장을 역임했고 사회복지분과장을 맡고 있었기 때문에 의례적인 성당 근처의 어려운 시설을 함께 방문하자는 제안이라고 생각했다.

요셉의원에 들렀을 때 선우경식 병원 원장이 신부님과 나를 반갑게 맞아주었다. 선우경식 요셉의원 원장은 IMF 이후 지난 4년간 병원이 처한 상황을 설명하며 기업인들의 도움을 요청했다. 병원을 유지하기 위해서는 매월 수천만 원의 후원금이 더 필요하다고 했다.

그 당시에 내가 할 수 있는 일이란 별로 없을 것 같아 심각하게 듣지 않고 돌아왔지만 시간이 지나면서 원장의 말이 자꾸 생각났다. 그러다가 우연히 전경련 사회공헌 담당 임원과 이야기를 나누게 되었다. 영등포역 근처에 요셉의원이 있는데 직접 가서 방문을 해보니 기업들이 사회공헌 차원에서 많이 도와주면 좋겠다고 말했다.

나는 요셉의원 원장에게 말씀을 드리고 사회공헌 임원과 팀장을 요셉의원으로 안내했다. 요셉의원에서 함께 식사하며 요셉의원이 처한 상황을 다시 설명 들었다. 사회공헌 담당 임원은 기업들이 어떻게 지원할 수 있는지 생각해 보겠다고 답한 후 사무실로 돌아왔다.

그해 여름 전경련 하계 제주 포럼이 열렸다. 그곳에서 강신호 회장과 전경련 임원들이 함께 오찬을 하게 되었는데, 그때 요셉의원에 다녀왔던 사회공헌 담당 임원이 강신호 회장에게 내 이야기를 하면서 연말에 우리 기업들과 요셉의원을 방문하면 좋겠다고 제안했다. 강신호 회장은 연말 전경련 사회공헌 활동으로 주요 기업 인사와 함께 요셉의원을 방문하겠다고 우리에게 약속했다.

그해 말부터 5년간 요셉의원은 주요 기업으로부터 많은 도움을 받게 되었다. 당초 요셉의원 원장이 부탁했던 것보다 10배 이상이 되는 후원을 5년간 받게 되었으며 그 이후에도 대기업들의 요셉의원 후원은 계속 이어졌다.

나는 이러한 이야기를 2016년 《가톨릭평화신문》에 글을 쓰면서 일부 언급한 적이 있다. 사실 이러한 다리Bridge 활동은 빈첸시오 성인이 400여 년 전부터 해오던 중요한 역할이었다. 빈첸시오 성인이 부자들과 가난한 이들을 연결해 왔던 그 다리Bridge 역할이 나에게도 요셉의원 사례를 통해 자연스럽게 이어지는 계기가 되었다.

비록 우리 자신이 부자가 아니더라도 도움이 필요한 사람과 도움을 줄 수 있는 사람들을 연결하는 것

2000년대 초 요셉의원 스케치

은 누구나 할 수 있다. 이를 통해 지속 가능한 나눔 활동을 사회 전반으로 확산시킬 수 있는 꿈을 꾸게 되었다.

이제 우리가 가진 것에 국한하지 않고 도움이 필요한 사람들에게 요청을 받으면 그것을 사회 전체가 어떻게 도울 수 있는지를 생각하는 습관을 갖게 된 것은 나에게는 살아가면서 소중한 자산이 되었다.

섬김의 정신으로 얻은 유연성과 참 평화

　　이웃사랑 실천을 처음 할 때는 주어진 예산과 시간 안에서 일을 해야 했기 때문에 다분히 목표 지향적이고 행정적인 접근을 하는 경향이 있었다. 시간이 지나면서 어려운 이웃들에게 다가가는 태도가 변하기 시작했다.

"가난한 이 안에서 그리스도를 섬기고 있는 것이다. 지금 우리가 여기에 서 있는 것만큼 이것은 진실하다."

– 빈첸시오 성인

　빈센트 성인이 말씀하신 대로 어려운 이웃을 섬기는 법을 조금씩 알게 되었다. 그러면서 놀라운 변화가 일어나기 시작했다. 어려운 이웃을 대하는 방식에 있어서 의례적이고 행정적인 태도보다는 가족과 만나서 대화하는 분위기로 바뀌어 갔다.

　어려운 이웃을 찾아뵐 때 초기에는 다가가기 싫은 분들도 있었고 또 꺼리는 마음도 있었다. 그러나 시간이 지나면서 그들에 대해서 열린 마음으로 대하는 태도가 몸에 배어갔다. 그들의 하는 말을 건성으로 듣기보다는 그들의 입장에서 있는 그대로 경청하는 습관이 생겼다.

　그들과 공감하는 능력도 배양되었다. 그들이 세상 속에 잘 나가는 사람들보다 더 순수하고 겸손하며 많은 사람들을 배려하며 산다는 느낌을 갖기 시작했다. 왜 빈센트 성인은 우리가 방문하는 어려운 이들 안에서 예수님의 모습을 발견할 수 있다고 했는지 조금은 알 것 같았다.

시간이 지나면서 어려운 이웃들에 대한 나의 마음은 우리가 베푸는 것이 아니라 그들에게서 배우고 있다는 것을 깨닫게 되었다. 그리고 그들을 존경하고 섬기는 봉사자로 변모해 갔다.

지난날에 목표 지향적이고 시간에 맞춰 일을 추진하던 방식에서 벗어나 어려운 이웃들이 진정으로 필요로 하는 것을 그들이 원하는 때에 해결해 주는 방식으로 바뀌어 갔다. 예를 들어 독거노인들이 필요로 하는 것은 경제적 도움보다도 대화하며 외로움을 달래는 것이다.

그들을 섬기기 시작하면서 나의 이웃사랑 실천 방식은 물론이고 세상을 바라보는 눈도 바뀌게 되었다. 과거에 출세 지향적인 사고에서 벗어나 공동선을 추구하고 어려운 이웃과 더불어 사는 것에 대해 더 많은 관심을 갖게 되었다.

개인적으로는 시기 질투심이 사라지고 상대를 있는 그대로 바라보고 존중해 주는 마음가짐을 갖게 되었다. 이것이 참 사랑을 실천하는 삶의 시작이고 그것이 하느님의 길로 나아기는 출발임을 조금씩 느끼게 되었다.

　어려운 사람에게 다가가고 만난다는 것은 결국은 누군가를 섬기는 것이고 그것이 마음의 평화를 가져오고 참 행복으로 가는 길임을 시간이 가면서 더욱 강렬하게 느끼게 된다.

물고기 대신 고기 잡는 법을
가르쳐주는 지혜

　빈첸시오 회원들은 매주 회합에서 어려운 이웃을 어떻게 도와줄까 하는 것을 협의하게 된다. 처음 회합에 참여했을 때부터 1년간 논의하는 과정을 지켜보니 대부분의 의사결정은 대상자에게 얼마의 돈을 나누어주는 것이었다.

　매월 반복되는 이러한 의사결정에 대해 나는 불만족스러웠고 이렇게 해서는 안 된다는 생각을 하게 되었다. 매월 똑같은 방식으로 금전이나 물품을 지원하는 것이 과연 그들에게 얼마나 희망을 줄 수 있을까 하는 의문이 들었다.

그러던 차에 한 가정을 새롭게 지원하게 되었다. 어린 두 자녀가 있는데 IMF 금융 외환 위기로 그 가장은 직장을 잃게 되었다. 그때 우리는 그 가정의 두 자녀를 도와주기 시작했다. 그러나 매월 그 가정을 방문할 때마다 그 아이들의 아버지는 자리를 피하고 밖으로 나가는 것이었다. 가장이 집안에서 놀다 보니 미래도 없고 집안 분위기도 우울해 보였다.

그다음 달에는 집안 문제에 대해서 아이들의 부모와 어떻게 살아갈 것이며 어떠한 생각을 가지고 있는지 대화해 보았다. 아이들의 아버지는 실직을 해 집에서만 지내고 있는데 그가 잘할 수 있는 것은 운전이라고 했다. 이분이 운전할 수 있는 길을 열어주면 우리의 도움 없이도 이 집안은 살 수 있지 않을까 하는 생각을 하게 되었다.

"누군가 굶주렸다면, 먼저 음식을 주어야 한다. 일할 수 있게 되면 도구를 주어라. 그러나 그 이상은 주지 마라. 자선은 더

이상 일할 수 없는 사람들을 위한 것이다."

– 빈첸시오 성인

　지인에게 부탁하여 빌딩 주차장을 관리하는 요원으로 그 아버지를 취업시켰다. 가장이 일자리를 얻게 되면서 그 집안에는 활기가 생기기 시작했다. 아버지가 직업으로 돈을 벌게 되다 보니 부부간에도 사이가 좋아지고 아이들도 자신감을 갖게 되었다.

　우리가 매달 일정한 돈을 지원할 때면 받으면서도 미안해하고 다소 부끄러워하는 면이 있었는데 아버지가 돈을 벌기 시작하면서 집안은 화목해지고 아이들도 공부를 열심히 하고 있다는 소식을 들었다. 이 집안의 사례를 통해 가능하면 물질적인 지원보다는 스스로 돈을 벌어 자립할 수 있는 환경을 만들어주는 데 노력해야 되겠다는 생각을 하게 되었다.

　이와는 정반대의 사례도 있었다. 네 자녀를 둔 젊은 부부가 국가에서 주는 지원금을 받는 데 익숙해서 일을 해서 돈을 버는 것에는 소홀히 했다. 큰 자녀들은 대학교 1학년과 고등학교 3학년이었는데 고3인 둘째 아이는 집안이 희망이 없다는 생각에 갈수록 마음의 병이 깊어 갔다. 둘째 딸은 한 때 자살까지 기도했다는 소식도 들었다.

이 가정에는 근처 성당 빈첸시오회에서 매월 소액의 용돈을 주어왔었다. 그러던 차에 여의도성당 홍성학 신부님과 신자들의 적극적인 후원으로 실시하게 된 지역 연대사업으로 이 가정을 돌보는 문제를 논의하게 되었다. 매달 일정한 돈을 주는 대신에 두 아이가 대학을 졸업할 때까지 등록금과 생활비 일부를 지원하기로 결정했다.

이 두 자녀에 대해서는 등록금과 생활비 일부를 지원하면서 정례적으로 면담을 했다. 아이들은 졸업해서 사회적으로 안정적인 직장 생활을 하게 되었고 이제는 나이 어린 동생들을 돌보고 있다. 집안의 분위기도 사뭇 달라졌다. 그리고 부모들도 이제 생활

전선에 뛰어들었다고 한다.

단순히 용돈만 주는 지원 방식에서 벗어나 가급적 자립할 수 있는 환경을 만들어주는 것은 더 큰 봉사이고 더 큰 열매를 맺는 지혜이다. 한 집안에 일어서는 법을 알려주고 그러한 방식으로 이들이 낚시하는 법을 가르쳐주는 것은 그들 가정에 희망을 주는 것이다.

이렇게 어려운 이웃에게 희망을 주고 그들이 자립하는 방식으로 도와주는 것은 빈센트 성인의 정신이기도 하고 우리 봉사자들이 보람을 느끼며 더 좋은 봉사를 계속해 나갈 수 있는 토대가 되는 것이다. 앞으로 우리의 활동 방향은 물고기를 주기보다는 물고기 잡는 법을 가르쳐주는 데 더 많은 지혜를 모아야 한다.

어려운 이웃으로부터 받는 기도 선물

활동회원들이 어려운 이웃을 방문하게 되면 그들은 반갑게 회원들을 맞이하고, 없는 가운데서도 무엇인가 먹을 것을 내어놓으려고 한다. 고맙고 미안한 마음에 어찌할 바를 모르는 경우가 대부분이다. 요즘처럼 사람이 찾아오지 않는 이런 시기에 활동회원들이 가정을 방문하여 세상 돌아가는 소식은 물론 안부 등을 물어주는 것에 대해 감사하게 생각한다.

정신과 의사들은 말한다. 사람의 생명을 단축시키는 두 가지가 있는데 그 첫째는 외로움이고 둘째는 스트레스라고 한다. 그들이 말하는 외로움은 만나고 싶은 사람을 만나지 못하는 것이고 스트레스는 만나기 싫은 사람을 만나는 것이라고 한다. 대다수의 어려운 이웃들은 코로나 감염병 사태를 계기로 해서 이웃을 만나기가 더욱 힘들어졌다.

활동회원들의 어려운 이웃 방문은 무엇보다도 그들이 바라고 기대하는 것이다. 외로움을 달래주고 그들의 애환을 들어주는 것만으로도 좋은 봉사이다. 어려운 이웃들은 자신들이 받기만 하고 활동회원들이나 봉사자들에게 아무것도 주지 못하는 것에 대해서 미안해하고 어찌할 줄을 모른다.

그럴 때 우리 회원들이 하는 말 중에 하나가 "저희들을 위해서 기도해 주시는 것만으로도 소중한 선물입니다."라고 응답하는 것이다. 이러한 우리들의 일상적인 대응 인사말은 어려운 이웃에게도 희망과 울림을 주는 것 같다.

한 예가 있다. 2005년에 임대 아파트촌에 사는 한 가정을 방문하였다. 그 가정은 부인은 빌딩 청소일을 하고 남편은 건설 현장에서 일하다가 추락 사고로 허리를 다쳐 움직일 수가 없게 되었다. 집 안에 누워 있기만 하고 매일 술을 마시며 가족들에게 험한 행동을 하는 그런 나날을 보내고 있었다. 알코올 중독으로 정신병원에 강제 입원한 적도 있었다고 했다.

봉사자들이 처음 방문했을 때 그는 우리들이 집 안에 들어오지 못하도록 큰 소리를 지르고 방문을 걸어 잠그곤 했다. 그의 부인은 당황해서 어찌할 줄을 몰랐다. 두 달간 수차례 방문을 시도한 후에 그 남편은 우리들과의 대면을 허락했다. 우리가 처음 방에 들어갔을 때 그는 방에 누워서도 술을 마신 흔적이 남아있었다.

　그는 방에 누워있는 것 외에 아무것도 할 수 없어 보였다. 그의 가정에서의 폭언은 여전히 행해지고 있었다. 우리가 처음 그를 대면했을 때 그는 왜 나를 찾아왔느냐고 물었다. 우리는 대꾸를 하지 않고 그저 그를 응시하고 있었다. 그런 다음 우리는 함께 기도하자고 했다. 기도하면서 우리는 조금씩 마음을 열어갔다.

　우리가 여기에 온 것은 우리의 뜻이 아니라 주변 사람들은 물론 주님께서 우리를 형제님을 찾아뵈라고 하는 것으로 응답을 받고 왔다고 했다. 그와의 대화는 매주 이어졌다. 그는 조금씩 마음의 문을 열기 시작했다. 그가 자신의 처지에 대해서 비관하고 아무것도 할 수 없는 자신에 대해서 화가 나 가족들에게 분풀이했다고 고백했다.

　우리는 하느님께서 형제님께 가장 기도를 많이 할

수 있는 소중한 시간을 준 것이라고 말했다. 지난날 살아오면서 형제님은 누구를 위해서 기도해 본 적이 있느냐고 물었다. 아내와 가족들은 형제님을 위해서 늘 기도하는 삶을 살아왔다고 했다.

이제 형제님이 가족은 물론 우리 봉사자들을 위해서도 열심히 기도하는 시간을 선물로 받은 것이라고 생각하면 좋겠다고 말했다. 우리가 형제님을 방문하는 것에 대해서 미안하게 생각하지 말고 우리를 위해서도 기도해 달라고 덧붙였다.

그 뒤 우리의 가정 방문은 월 1, 2회씩 계속 이어졌다. 몇 년이 지나 그는 성경 말씀도 읽고 또 기도하는 시간이 늘어나고 있다고 고백했다. 그의 변화하는 모습을 보면서 우리는 그 형제를 방문하는 것이 참 보람 있고 기쁘다는 생각을 했다.

그런 시간을 보내면서 1년이 지났을 때 그 가정에는 큰 변화가 일어났다. 그는 성당 빈첸시오 회합실에 나타났다. 누워만 있던 사람이 이제 걸어서 직접 성당에도 올 수 있게 된 것이다. 허리병도 나아 재취업도 했다고 했다. 그동안 알코올 중독 증세도 치유되고 가족들에 대해서도 친절한 가장으로 거듭났다.

어려운 이웃이 우리를 위해 해 주는 사랑과 감사의 기도가 자신들은 물론 봉사자들에게도 보람과 힘이 됨을 새삼 깨닫고 있다. 어려운 이웃도 받기만 하는 것이 아니라 기도를 통해 좋은 봉사를 할 수 있음을 일깨워 주는 것은 그들의 자존감을 살려주는 것이자 또 다른 사랑의 실천이라고 생각한다.

빈센트 성인은 오늘날 고독사 문제를
어떻게 다루었을까

경제사회적 환경이 바뀌면서 가난의 형태도 바뀌고 있다. 최근 가난의 한 형태로 고독사 위험군이 증가하고 있다. 이는 소외되고 외롭게 살아가는 이웃들이 늘어나고 있음을 의미한다. 복지부 표본 조사 결과에 따르면 2022년 12월 기준 고독사 위험군이 전국에 150여만 명에 달한다. 이는 전체 인구의 3%이며 1인 가구의 21.3%에 해당한다. 과거와 달리 고령층보다는 중장년층이 더 크게 증가하고 있는 것으로 나타났다.

2022년 5월 고독사 예방 운동 관련 세미나를 개최

한 적이 있다. 「고독사 예방 및 관리에 관한 법률」에 의하면 고독사란 가족 친척 등 주변 사람들과 단절된 채 홀로 사는 사람이 자살, 병사 등으로 임종을 맞고 일정 시간이 흐른 뒤에 발견되는 죽음을 말한다. 과거 고독사로 백골이 된 시신이 발견되면서 사회적 문제로 부각되기 시작했다.

과거에는 독거노인층의 고독사가 많았던 반면에 요즘은 고소득층은 물론 청년층에서도 고독사가 나타나고 있다. 코로나 감염병 사태 이후 소외되고 고통받는 이웃은 늘어만 가고 있다. 우리 공동체는 3년 가까이 사회적 거리두기로 고통받는 이웃과 함께할 수 없었다. 여기에 더하여 봉사단체들은 회합과 모금이 중단되었다.

다행히 고독사 예방 운동 사업은 바보나눔재단의 재정적 지원을 받아 실시할 수 있었다. 시범사업의 경험을 토대로 바보나눔재단의 도움 없이 봉사단체 자체 사업으로 추진하기 시작했다.

시범사업을 통해 봉사자와 대상자들은 소중한 경험을 했다. 고독사에 노출된 이웃들은 자신들을 찾아와 인사를 나누고 친절하게 대화를 나눌 사람이 없었다. 봉사자들이 한 달에 한두 번씩 찾아가 가족처럼 대해 주니 고마워하고 매번 방문하는 날이 기다려진다고 한다. 봉사자들도 이들과의 만남 속에서 참 행복을 느낀다고 한다.

우리 사회에는 고독사 위험에 노출된 이웃들이 늘어나고 있으며 이들이 누구인지는 지역과 이웃의 사정을 누구보다 잘 알 수 있는 우리들 자신이다. 그동안 고독사 예방 운동에 참여해 온 분들의 숭고한 이웃사랑 실천이 가능했던 요인이 무엇인지 돌아보고 우리 사회로 확산시킬 수 있는 방안에 대해 고민해 보면 좋겠다.

또한 1인 가정의 증가와 함께 이혼과 실직 등으로 고독사에 노출되는 청장년 계층이 늘고 있음을 감안하여 고독사에 노출되는 이웃을 돕기 위한 사회적

인프라와 환경이 개선되기를 기대한다. 국가 차원에서 경쟁에서 낙오된 사람들에게 재기할 수 있는 환경을 조성해 주어야 한다.

우리는 늘 깨어 있어야 한다. 고독사와 같은 형태의 가난에 대해서도 모든 공동체가 관심을 갖고 가장 소외되고 버림받은 이웃을 위해 자주 찾아 대화하고 도와주는 운동을 전개하면 좋겠다. 우리의 관심이 우리 사회에서 고독사를 줄여 나가는 길이다.

세미나 책자

아프리카 출신 유학생 암 환자로부터 받은 문자 메시지

코로나 감염병 사태로 사회적 거리두기가 실시되던 시기에 한 교구의 빈첸시오 회장으로부터 아프리카 유학생의 암 수술비 지원 방안을 고민해 달라는 부탁을 받았다. 그녀는 아프리카에서 유학 와 대학원을 졸업하고 열악한 산업 현장에서 생활비를 벌고 있었다.

당초 대학원을 졸업 후 고국으로 돌아가 국가 정책에 참여를 꿈꾸고 있었는데 모국에서 내란이 일어나 귀국할 수 없었다. 불법 체류자로 전락한 그녀는 먹고살기 위해 열악한 산업 현장에 불법으로 취업을

출처: 제40차 성 빈첸시오 아 바오로회 한국이사회 정기총회 보고서
(2022년 3월 19일자)

해 일을 하고 있었다. 그러다 암이 발견되어 일을 중단하고 자신을 돌보아주는 수녀회와 함께 무료로 수술을 받을 수 있는 병원을 찾아 헤매는 중이었다.

우선 이 여성을 도와주어야 할지 여부를 식별하기 위해 이 여성을 돌봐주는 한 수녀와 대화를 시작했다. 사연을 듣고 보니 도움은 주어야 한다는 생각은 했으나 수술비와 생활비 지원 등에 따르는 경제적 부담이 워낙 커서 많은 고민을 하게 되었다.

이 여성에 대한 지원은 크게 세 가지 관점에서 접근했다. 우리는 저렴하게 암 수술을 받을 수 있는 방안에 대한 대책을 강구했다.

우선 불법 체류자 신분을 해결해 수술비를 줄이는 방안에 역점을 두었다. 또한 수천만 원에 달하는 수술비와 수술 후 생활비를 해결하기 위한 모금 운동을 하는 것이었고, 장기적으로 국내 취업을 통해 자립할 수 있는 환경을 만드는 문제로 고민했다.

이 과정에서 그 여성이 졸업한 대학원과 관공서, 지역 국회의원 등을 찾아다니며 불법 체류자 신분을 해소할 방안을 모색했다. 또한 전국 빈첸시안을 대상으로 모금 운동을 전개해 수천만 원의 수술비와 병 간호비도 마련했다.

그녀를 처음 만난 것은 수술비를 전달하기 위해서였다. 수녀원 회의실에서 만난 이 아프리카 여성은 매우 순수하고 또 삶에 대해 강한 의지를 갖고 있었다. 그동안 살아온 환경 등을 이야기하면서 한 시간

가량 담소를 나누고 수술비를 전달했고 다음 만남은 수술 이후로 정했다.

수술 이후 몇 개월이 지나 다시 처음 만났던 수녀원에서 재회를 했는데 수술 경과는 좋아 보였다. 그리고 수술 이후 향후 계획에 대해서도 이야기를 나누었다. 건강이 완전히 회복된 이후에 다시 만나자는 약속을 하고 헤어졌다.

하지만 그 이후 그녀와의 연락은 이어지지 않았다.

그 후 몇 년이 지나 이 유학생이 세상을 떠났다는 비보를 듣게 되었다. 이 소식을 들은 후 그녀와의 대화 기록을 들여다보게 되었는데 내가 보지 못한 메시지 하나를 발견했다. 수술 후 그녀가 보내온 감사의 메시지였다.

내용은 "회장님 저를 위해서 수술비도 마련해 주시고 수술 이후에 사람이 생활할 수 있는 환경까지 만드는 데 도움을 주셔서 감사합니다. 저를 위해서 모금에 참여해 주신 모든 분들께 감사드리며 몸 관리를 철저히 잘해서 정상적인 생활을 할 수 있게 되면 저도 어려운 이웃을 위해 봉사 활동을 하고 싶습니다.”라는 내용이었다.

그녀가 죽은 이후에 발견한 이 메시지를 읽으면서 많은 아쉬움을 느끼고 후회를 하게 되었다. 좀 더 시간을 내어 이 여성을 잘 돌봐드렸어야 했는데 하는 아쉬움과 함께 외국인이나 다문화 가정을 돕기 위한 대책 마련을 제대로 하지 못한 것이 안타까웠다.

이 외국인 여성을 돕는 과정에서 겪었던 많은 애로와 문제점들은 앞으로 늘어날 수밖에 없는 외국인이나 난민 문제에 그대로 마주하게 될 것이다. 2017년

빈첸시오 카리스마영성 400주년 행사에서 참석자들
은 앞으로 새로운 시대에 새로운 가난에 대한 대처
를 해야 한다고 하면서 난민이나 다문화 가정 문제
등을 제기한 바 있다.

　오늘날 빈첸시오 성인이 살아 있다면 착한 사마리
아인처럼 당장 현장에서 난민과 다문화 가정들의
문제를 해결하는 데 솔선수범했을 것이라는 생각이
든다.

제3장

함께 걷는 이들

사랑과 희망의 샘인 협의회

협의회는 빈첸시오 성인의 정신이 가장 잘 발현되는 시공을 초월하는 공간이다. 200여 년 전 프레드릭 오자남이 빈첸시오 성인의 정신에 따라 청년들과 함께 협의회를 조직했다. 이 조직은 오늘날까지 세계 곳곳에서 활발하게 활동하고 있다.

1998년 1월, IMF 위기가 본격화되는 상황에서 나는 빈첸시오회 활동을 시작했다. 첫 회합에 들어갔을 때 협의회에서 나누는 대화 내용은 신선한 충격이었다. 남녀노소 다양한 계층이 모여 일정한 회의 순서에 따라 활동 내용을 나누며 대화를 정리하고, 향후 방향을 정해가는 민주적 회의체 운영 방식이었다.

이것이 200년 동안 살아남을 수 있었던 힘이 아닐까 생각했다. 빈첸시오 협의회에서는 매주 활동한 내용을 각자 보고한다. 방문한 어려운 이웃에게서 느낀 소감이나 애로사항을 나눈다. 회원들은 각자가 들려주는 내용을 경청한다. 그리고 해결 방안과 향후 활동계획을 협의한다.

이러한 과정에서 활동회원들은 어려운 이웃을 더 잘 이해하게 된다. 그들 안에 살아 계신 예수님의 모습을 발견하기도 한다. 어려운 이웃이 자존감을 살리며 희망을 갖고 살 수 있도록 하는 대안을 고민하게 된다.

협의회에서 나누는 대화와 문제해결 방안은 회원들이 자신의 삶을 돌아보며 성숙한 삶을 살아가는 데 긍정적 영향을 준다. 말로만 하는 것이 아니라 행동으로 어려운 이웃에게 다가간다. 특히 신앙인으로서 완덕의 길을 가는 데 큰 도움이 된다.

협의회 나눔 활동은 전 과정이 민주적이다. 형제애로 다가가기 때문에 사람들은 그곳에서 서로의 기쁨을 누린다. 가족 같은 관계를 이어간다. 그동안 함께한 활동회원 가운데 많은 이들이 이미 세상을 떠났다. 하지만 시간이 지나도 그들과 나눈 대화와 아름다운 사연은 매일 기도 속에서 되살아난다.

이러한 협의회 활동은 교회 안에서만의 모임이 아니다. 세상 밖에서도 활성화되면 좋겠다. 나는 이런 협의회 방식의 모임을 직장이나 가정은 물론 동창회나 사회에서도 만들어가고 있다. 좋은 열매를 맺는 사례도 나타나고 있다.

협의회는 단순한 봉사 모임이 아니다. 함께 기도하고, 경청하고, 결정하는 민주적 공동체다. 어려운 이웃을 섬기면서 자신도 성장하는 영적 학습의 장이다. 200년의 전통이 오늘날까지 이어지는 이유가 여기에 있다.

비밀헌금 속에 담겨있는 형제애

프레드릭 오자남이 첫 모금 활동을 할 때 사용한 방식이 비밀헌금이다. 단체나 조직을 운영하려면 사람은 물론 돈도 필요하다. 필요한 돈을 모으는 방법은 다양하다. 명예후원회원의 회비 납부, 일반인 대상 모금, 기업들의 특별 찬조, 정부나 지자체의 보조금 등이 있다.

1833년 프랑스 파리에서 설립된 '성 빈첸시오 아바오로회'는 초기부터 어려운 이웃을 돕기 위해 활동회원의 비밀헌금 형식으로 모금을 시작했다. 비밀헌금은 회합 중에 천으로 된 모금 자루를 돌리며 각자 기부할 금액을 넣는 것이다.

　　회원들은 누가 얼마를 기부하는지 알 수 없다. 그래서 비밀헌금이다. 매주 열리는 회합에서 모은 돈으로 주변의 어려운 어린이나 이웃을 돕기 시작했다. 초기의 이러한 모금 방식은 오늘날에도 전 세계 빈첸시오회 단체에서 중요한 모금 방법 중 하나로 사용되고 있다.

“하느님을 사랑합시다. 그러나 말로만이 아니라, 팔을 움직이고 이마에 땀을 흘리며 사랑합시다.”

– 빈첸시오 성인

　　비밀헌금에 담긴 기본 정신은 경제적으로 어려운 회원에 대한 배려다. 어려운 이웃에 대한 사랑과 열정은 있지만 매주 헌금을 낼 수 없는 회원들에게 부담을 주지 않으려는 깊은 뜻이 담겨 있다. 또한 돈이 많다고 자기과시 하는 회원들을 규율하여 겸손하게 봉사하도록 인도하는 의미도 있다.

오늘날처럼 양극화로 빈부격차가 심화되고 노년과 청년 빈곤이 심화되는 현실에서 공동체 활성화를 위해서는 이와 같이 특별한 모금 방식이 필요하다. 돈이 없어 활동에 참여하지 못하는 이들을 배려하는 방식 말이다. 공동체 구성원 누구나 자연스럽게 참여할 수 있도록 비밀헌금과 같은 배려하는 모금 방식이 필요하다.

물론 특별 찬조도 필요하다. 이 경우 소수의 기부자를 구성원들에게 널리 알려주면 소기의 성과를 거둘 수 있다. 이 같은 공개적 모금 방식과 비밀헌금 방식을 병행하면 단체나 조직을 원만히 운영하는 데 도움이 된다.

조직이나 단체는 많은 사람이 참여하도록 하는 목적과 사업비를 제때 충분히 모금해야 하는 필요를 동시에 충족시켜야 한다. 오늘날 많은 공동체가 소수의 기부자 중심으로 운영되다 보니 이벤트성 사업은 많이 추진되는데 회원 참여가 줄어들고 있다. 이 이유를 곱씹어 보면 좋겠다.

비밀헌금 방식은 단순한 모금 기법이 아니다. 구성원 모두를 배려하는 형제애의 표현이다. 경제적 능력에 관계없이 모두가 동등하게 참여할 수 있게 한다. 부유한 이는 겸손을 배우고, 가난한 이는 부담 없이 참여한다. 이것이 200년 전 젊은이들이 만든 지혜로운 제도다.

공동체가 비밀헌금처럼 구성원을 배려하는 정신으로 운영되도록 힘써야 한다. 참여의 문턱을 낮추고, 모두가 주인이 되는 공동체를 만들어야 한다. 그것이 지속 가능한 공동체를 만드는 길이다.

2인 1조 방문 활동에 담긴 깊은 뜻

빈첸시오 활동회원들은 어려운 이웃을 방문할 때 반드시 2인 1조로 활동하도록 권장한다. 왜 이러한 준칙을 만들었을까? 처음에는 잘 몰랐다. 계속 방문 활동을 하고 결과를 나누면서 2인 1조의 중요성을 깨닫게 되었다.

200년 전 젊은 청년들이 어떻게 이러한 지혜로운 생각을 했을까 하는 생각도 했다. 물론 이것은 예수 님께서 제자들을 파견하실 때 두 사람씩 짝을 지어 파견했던 그 정신을 이어가는 것이라고 생각한다. 그럼에도 불구하고 200년 전 젊은이들이 이러한 생 각을 했다는 것이 놀라웠다.

이렇게 방문하는 것은 여러 가지 장점이 있다. 혼자 방문할 때보다 둘이 방문하면 대상자의 말을 더 잘 경청할 수 있다. 때로는 그들이 이야기하는 것을 서로 다르게 이해할 수 있다. 이 경우 함께 듣고 상의해서 의사결정을 하다 보면 어려운 처지에 있는 이들의 상황을 더 정확하게 이해하는 데 도움이 된다.

대상자를 방문할 때 혼자 일대일로 면담하는 것보다 두 사람이 한 사람을 찾아뵙는 것이 더 자연스럽고 편안한 느낌을 준다. 상대에 대해서도 더 예의 바른 언행을 하게 된다. 일대일로 방문한다면 특히 남녀 간이라면 분위기가 어색하고 오해를 살 수도 있다. 2인이 함께 방문하면 그러한 문제는 줄어든다.

방문하는 대상 중에는 건망증이 심한 분들도 종종 있다. 이런 분들은 활동회원들이 드리는 생활보조금이나 물품에 대해 받았는지 여부를 쉽게 잊어버린다. 다른 회원들이 방문했을 때 그런 사실을 확인하려 하면 본인은 받지 않았다고 하는 경우가 종종 발생한다.

혼자 방문한 경우 오해를 받으면 어떻게 증명해야 할지 모를 경우가 생긴다. 그러나 2인 1조로 방문하면 그러한 오해는 사라진다.

2인 1조 방문은 투명성을 높이고 서로의 신뢰를 높일 수 있다. 실제로 우리 협의회 활동 과정에서 어려운 이웃으로부터 오해를 샀던 경우가 있다. 건망증이 심한 대상자가 활동회원들이 가져다드린 생활보조금과 생활용품을 하나도 받지 못했다고 말했다.

그다음 주 협의회에서 이 문제가 논의되었다. 사실 여부를 확인한 결과 그분이 치매 초기여서 전달받은 사실 자체를 잊고 있었음을 확인했다. 그 사건 이후 어려운 이웃 방문 시에는 반드시 2인 이상이 함께하도록 결의한 적이 있다.

2인 1조 방문 활동은 빈첸시오 협의회 활동의 오랜 전통이다. 이웃사랑 실천 활동을 더 건전하고 지

속 가능하게 만드는 지혜다. 200년의 전통이 담긴
이 작은 원칙 하나가 많은 문제를 예방하고 신뢰를
쌓게 한다.

잊혀지지 않는 활동회원

2024년 봄, 아버지가 입원해 계신 요양병원에 들렀다 나오는 길에 한 활동회원의 아들들을 만났다. 코로나 사태로 환자 방문이 2인씩만 허용되던 때였다. 그들은 어머니가 입원해 계셔서 병문안을 왔다고 했다. 어머니가 갑자기 입원해 사람도 알아보지 못하는 상태라고 했다.

우리 부부는 20여 년간 함께해 온 활동회원이라서 꼭 문병을 하고 싶다고 부탁했다. 아들들과 교대로 우리 부부가 병문안을 했다. 아들들은 어머니께서 우리를 알아보지 못할 것이라고 귀띔했다.

하지만 우리가 병실로 들어갔을 때 정상적인 정신

상태로 우리를 맞이하며 간병인에게 우리 부부를 소개했다. 그러면서 지난날 활동한 이야기와 우리와의 일화를 계속 이야기했다. 아들들이 몰라볼 거라고 한 말과는 너무 달라 놀라웠다. 그때 모습으로는 오래 살 것만 같았다.

문 밖에서 두 아들은 궁금해했다. 우리는 어머니가 보자마자 인사하며 반갑게 맞아주며 십여 분간 지난날의 이야기도 해 주셨다고 했다. 깜짝 놀라며 자신들은 전혀 몰라보신다는 이야기를 했다. 그리고 며칠 후 그 활동회원이 세상을 떠났다는 소식을 들었다.

그분의 장례식장에서 자식도 못 알아보는 그분이 어떻게 나를 알아보았을까 하는 생각을 했다. 지난 20여 년 동안 이분과 우리 부부는 거의 한 달에 한두 번 이상 협의회에서 만나며 어려운 이웃을 돌보는 활동을 함께했다. 요즘 자식들은 부모님을 한 달에 한 번 찾아뵙기도 쉽지 않다. 활동회원들은 가족보다 더 많은 만남과 대화를 하며 지냈기 때문이라는 생각을 했다.

　고인이 된 이 활동회원은 처음에는 우리가 찾아뵙는 어려운 이웃이었다. 그녀는 임대 아파트에 살면서 임대 아파트촌의 어려운 분들을 돌봐주고 대변하는 왕언니 역할을 하고 있었다. 우리의 도움을 받으며 미안해했다. 자신은 줄 것이 없으니 활동회원이 되어 어려운 이웃을 돕는 데 동참하겠다고 했다.

　그 뒤 20년 이상을 함께하며 같이 활동했다. 그러면서 이분의 어려웠던 개인사도 알게 되었다. 남편은 젊은 시절 바람이 나서 12년 동안 밖에서 살다가 병이 들어 아내를 찾아왔는데 그런 남편을 말없이 받아들여 함께 살았다. 밖에서 낳아 데려온 아들들도 잘 길러 출가까지 시켰다. 마음이 한없이 너그럽고 사랑이 많은 분이었다.

　이분과의 인연으로 그 아들의 결혼식 주례도 섰고 남편이 돌아가실 때에는 장례식과 미사에도 함께했다. 오랜 인연을 통해 만나다 보니 가족들보다 더 가

족 같은 사이였고, 치매가 걸렸음에도 우리 부부를
알아본 것이 아닌가 생각한다.

지금도 그녀가 입원했던 병원 앞을 지날 때면 살아
계실 때 지난날 함께했던 추억을 생각한다. 빈첸시
오회에서의 회원 간 만남이라는 것은 우리가 각박한
세상 속에서 접하지 못한 인간애를 느끼게 한다. 어
려운 이웃과 함께하면서 더 큰 사랑과 나눔의 삶을
실천할 수 있게 된다.
이 같은 빈첸시안으로서의 인연은 살아가면서 가
장 소중한 인연이자 추억이다. 함께 기도하고, 함께
봉사하고, 함께 울고 웃던 그 시간들이 잊혀지지 않
는 기억으로 남는다.

협의회 정신의 확산 사례: 천사 운동

어느 날 협의회에서 제안을 한 적이 있다. 서울역 쪽방촌에 도시락 나눔 봉사를 하고 있는데 어떤 가정을 방문하니 할머니와 손자 손녀가 함께 사는 조손 가정이었다. 국가에서 지원해 주는 돈과 한 끼 도시락만으로는 아이들을 제대로 키울 수 없다는 생각이 들었다.

아이들이 먹고사는 것도 필요하지만 아이들에게 꿈과 희망을 주기 위한 물고기 잡는 법을 가르쳐주는 것이 필요하다고 생각했다. 중학교 1학년과 초등학교 5학년 학생이기 때문에 이들에게는 학교 공부 외에 추가로 진학을 위한 과외수업 지원이 필요했다.

협의회에 돌아와 이 가정을 우리가 돌보자고 제안했지만 활동회원들은 여러 이유로 난색을 표했다. 우선 우리의 활동 영역은 교회 주변이어야 하고 향후 10여 년 가까이 지원하는 것도 재정상 어렵다는 의견이었다. 회원들의 의견을 존중해서 일단은 나의 생각을 접었다.

"하느님의 일을 하라. 그러면 그분이 우리의 일을 돌보실 것이다."

– 빈첸시오 성인

몇 달간 곰곰이 생각하다가 교회 밖에 있는 분들과 연대해서 협의회처럼 운영하면서 이 가정을 돌보는 운동을 시작하면 어떨까 하는 생각이 들었다. 나를 포함해서 일곱 사람의 비신자들이 모였다. 그분들에게 제안했다.

"지금 여러분은 대부분 사업을 하시기 때문에 돈

을 벌 수 있는 때도 있고 벌 수 없는 경우도 있습니다. 하지만 앞으로 경제상황과 관계없이 7년간 여러분이 함께할 수 있는 방법이 있습니다."

일명 천사1,004원 운동이다. 하루에 식사비나 커피값을 줄여 1,000원 정도 모으는 것은 가능하다. 이렇게 절약한 돈으로 한 달에 3만 원씩 모아 이 조손 가정을 월 20만 원씩 7년간 도와주자는 제안이었다.

이러한 제안에 대해 처음에는 몇 사람이 동의했지만 난색을 표하는 분들도 있어 추가로 또 다른 지인들을 설득하여 결국 일곱 명이 모였다. 이렇게 모인 일곱 명이 매월 3만 원씩 하나의 통장을 만들어 그곳에 돈을 모았다.

그 돈으로 매월 두 명씩 이 가정을 방문하여 전달하고 때로는 그 가족과 함께 밖으로 나가 외식도 하며 대화를 나눴다. 두 사람씩 매월 방문하고 나서는 카톡방에 방문 내용을 공유했다.

이 모임의 지원 활동은 7년간 지속되었다. 손자 손

녀는 고교 졸업 후 직장 생활을 시작했다. 이런 활동을 7여 년 해 보니 협의회 형태의 어려운 이웃 돌봄 사업은 교회 밖에서도 가능한 모델이구나 하는 생각을 하게 되었다. 이러한 천사 운동은 빈첸시오 협의회 정신과도 맥을 같이 하는 것이다.

이런 모델을 성공시키고 10년이 지나서 나는 또 이 모델을 우리 가족 공동체에도 적용했다. 형제자매들과 조카들이 함께한 카톡방에서 대화하며 각자 매일 절약한 1004원월 3만 원을 매월 가족공동체 계좌로 송금한다. 이렇게 모아진 돈으로 어려운 형제를 돕거나 이웃사랑 실천에 사용하고 있다.

지금도 이러한 천사 운동은 우리 가족에게 계속 하나의 전통으로 이어지고 있다. 이러한 운동이 밖에서도 많이 활성화되면 좋겠다. 협의회 정신은 교회 안에만 머물러서는 안 된다. 세상 어디서든 함께 모여 어려운 이웃을 돕는다면 그것이 바로 협의회 정신의 확산이다.

민주적 의사결정의 학습장인 협의회

　협의회의 구성원은 활동회원이다. 협의회는 회의체로서 구성원 각자가 이웃사랑 실천의 기본 주체다. 활동회원은 다 같이 회의에 참석하여 각자의 의견을 자유롭게 개진하고 의사결정에 동등하게 참여한다.

　다만 협의회 회장은 회의의 진행자로서 주어진 시간에 회원들의 의견을 충분히 수렴하여 협의회가 나아갈 방향을 함께 정한다. 협의회 회장으로서 배우게 되는 것은 공감대 형성 능력이다.

　이러한 역할은 모든 활동회원이 시차를 두고 배워간다. 회장이 불참 시에는 다른 회원이 회의 진행순서에 따라 진행한다. 자연스럽게 누구나 민주적으로

회의를 진행하게 된다.

이것이 바로 서구식 민주주의적 지도자의 양성 학습장인 셈이다. 여느 단체와 달리 빈첸시오 협의회는 구성원 간 의사소통이 원활하다. 문제 현안의 해결을 위한 의사결정도 공동합의 정신에 입각하여 원만히 이루어진다. 사회에서 말하는 다수결 방식을 넘어 모두가 합의에 이르는 의사결정 방식이다.

처음에는 의견을 달리하는 회원이 있더라도 다수의 의견을 경청하며 그들이 왜 그러한 결정을 하려는지 충분히 이해가 될 때까지 토론한다. 마지막에 가서는 서로 수긍하고 하나의 합의된 안으로 결정하게 된다.

이러한 의사결정 방식을 매주 하다 보니 자연스럽게 서로의 의견을 경청하고 특히 소수의 반대 의견에도 귀를 기울이며 존중하게 된다. 이러한 의사결정 방식은 그동안 우리에게 익숙하지 않았다. 대다

수 조직은 회장이나 다수결이 결정하는 대로 따르는 것을 당연시한다.

그러다 보면 회의를 진행하는 과정에서 충분히 회원들의 의견을 경청하지 않고 회장이나 집행부가 독선적인 결정을 하는 경우가 종종 있다. 이러한 것은 우리 사회나 기업에서 흔히 볼 수 있는 장면이다.

그러나 빈첸시오 협의회 내에서의 결정 과정은 충분한 의견 수렴과 경청 과정을 거친다. 충분히 소명될 때까지 묻고 질의하는 과정이 이어진다. 이런 방식이야말로 빈첸시오회가 200여 년 동안 협의회라는 조직을 통해 어려운 이웃사랑을 실천해 온 비결이다. 이런 경험을 쌓은 회원들은 자연스럽게 민주적 리더십을 체득하게 된다.

200년 전 젊은이들이 만든 이 민주적 회의 방식은 오늘날에도 여전히 유효하다. 아니, 오히려 독선과 독단이 만연한 오늘날에 더욱 필요한 방식이다. 협의회는 민주주의를 배우는 최고의 학습장이다.

협의회에서 배우는 겸손

빈첸시오 성인은 어려운 이웃을 섬기는 사람이 되라고 한다. 예수님 말씀처럼 네 이웃을 너 자신처럼 사랑하라고 한다. 그러나 현실 세계를 살다 보면 어려운 이웃을 내 자신처럼 사랑하는 것이 쉬운 일이 아니다. 머리로는 할 수 있다고 생각하지만 몸으로 실천하기는 매우 어렵다.

요즘 축구 실력이나 인성 면에서 손흥민 선수는 세계 최고 수준이다. 그가 보여주는 관중, 동료 선수는 물론, 상대 선수들과 지역사회의 어려운 이웃들에게 보여주는 친절과 겸손 그리고 사회적 약자에 대한 배려심은 바로 빈센트 성인의 정신과 맞닿아 있다는 생각이 든다. 주인의 발을 씻겨 주던 종처럼 어려운 이웃을 섬겨야 하지만 뜻대로 되지는 않는다.

하지만 협의회에서 회원들과 소통하고 어려운 이웃에 다가가면서 조금씩 그들을 내 가족처럼 생각하고 섬기려는 마음을 갖게 된다. 섬긴다는 것은 가장 낮은 자리에서 상대를 주인으로 모시는 것이다.

비록 그분들이 경제적으로나 사회적으로 어려움에 처해 있긴 하지만 활동회원은 그들을 주인으로 섬겨야 한다. 빈첸시오 활동은 세상 속에서 보상을 바라는 것이 아니다. 어려운 이웃을 방문할 때는 그들이 하는 말을 경청하며 그들이 처한 상황에 맞는 문제를 해결하는 데 지혜를 모은다.

그들과 대화할 때면 그들 안에 계신 예수님의 모습도 발견하곤 한다. 그래서 활동회원들은 더욱 그들을 섬기고 기쁜 마음으로 돌아와 회합에서 다시 나누게 된다. 또한 그들과 대화할 때는 먼저 자신들의 이야기를 하기보다 어려운 이웃들의 이야기를 끝까지 들어주는 습관을 배우게 되면서 자신을 비우고 겸손하게 살아가는 자세를 배우게 된다.

겸손에 대하여 대만의 한 여승은 이렇게 말한다. "나의 자아가 한없이 작아져 상대방의 눈 속으로 들어가 그의 가슴속에 자리 잡을 정도로 한없이 작아지는 것, 그것을 겸손이라고 한다."
이와 같이 겸손해진다는 것은 상대를, 특히 어려운 이웃을 주인처럼 모시는 것이다. 그 과정에서 자신을 비우고 그들의 이야기를 경청하고 그들의 입장에서서 필요로 하는 것을 도와주는 것이다. 이러한 것을 매주 반복적으로 하다 보면 우리 협의회 회원들은 자신도 모르는 사이에 섬기는 사람으로 변화해 간다.

이러한 훈련의 장이 바로 빈첸시오 협의회다. 세상에서 겸손을 배울 수 있는 곳은 많지 않다. 학교에서 조차도 겸손하기보다는 오히려 자신을 알리고 홍보하는 데 더 익숙한 사람으로 만들어 간다.

그러나 세상을 살다 보면 누구나 한때는 잘나갈 수 있지만 시간이 지나면서 죽음을 눈앞에 두게 되면 다 남의 도움을 받게 마련이다. 평소에 남을 섬기며 겸손하게 살아온 사람들은 자신이 도움을 받게 될 때 도움을 주는 사람과도 자연스럽게 지낼 수 있게 된다.

이런 점에서 빈첸시안들이 협의회 활동에서 배우는 겸손의 자세는 그들 자신의 노후 행복의 원천이 된다. 겸손은 단순한 미덕이 아니다. 진정한 인간관계의 기초이고, 행복한 삶의 토대다. 협의회는 이 겸손을 몸으로 배우는 곳이다.

제4장

연대 협력으로 열매 맺는 이웃사랑 실천

산불 피해 현장을 찾다

2000년도 초 강원도 삼척에 큰 산불이 났다. 2021년에도 삼척과 울진 지역에 큰 화재가 발생했다. 2000년 당시는 국가 차원의 이재민 구제 대책이 체계적으로 갖춰지지 않았을 때였다.

산불 소식을 들었을 때 우리 협의회는 고민했다. 지역 차원의 어려운 이웃을 돕는 것은 아니지만 삼척 지역의 이재민들이 많은 피해를 봐 어려움을 겪고 있다는 소식을 들었다. 착한 사마리안처럼 신속하게 어려운 이웃을 돕는 것이 빈첸시안 정신에 맞다는 생각을 했다.

"하느님의 일을 하라. 그러면 그분이 우리의 일을 돌보실 것
이다."

– 빈첸시오 성인

오늘날 빈센트 성인이 살아 계셨다면 그렇게 하셨
을 것이다. 우리는 교회 공동체 차원의 연대사업으
로 추진하기로 했다. 이재민을 위한 모금 활동과 구
호물품 수집 활동을 전개했다. 교회 신자들의 많은
참여가 있었다. 신자들은 집에 보관 중인 옷이나 이
불 등의 물품을 기증했고 의연금도 제공했다.

모금된 돈과 물품을 대형 버스에 싣고 회원들과 자
원 봉사자들은 화재 현장으로 달려갔다. 삼척 지역
은 시내와 산동네까지 화마의 흔적이 넓게 퍼져 있
었고 잔불도 있었다.

2021년 산불 때에는 지역 차원에서의 지원 활동
과 달리 전국 협의회를 대상으로 하는 구호 활동으

로 전개하였다. 전국 단위의 연대사업은 많은 시간, 비용과 절차 문제가 있었다. 다행히 정보통신기술 등의 발달로 대면하는 모임 대신에 SNS나 이메일을 통해서 구체적으로 피해 지역과 지원 방법, 모금액, 목표액 등을 정할 수 있었다. 한국 이사회는 이같이 정보통신망을 이용하여 활발히 논의하고 즉시 의사 결정을 하였다.

전국의 각 교구 이사회에서는 일선 협의회 지역 신자들을 대상으로 모금 활동을 전개했다. 불과 열흘 사이에 많은 기부금품을 수집했다. 코로나 감염병으로 인한 사회적 거리두기가 있었음에도 불구하고 많은 모금을 할 수 있었다.

이러한 신속한 지원 활동으로 빈첸시안 간의 연대감이 증대되고 어려운 이웃에 다가가는 것이 하느님의 뜻임을 실감하게 되었다. 특히 도움이 필요한 협의회와 도움을 줄 수 있는 협의회의 소통과 협력으로 이웃사랑 실천이 더 큰 열매를 맺게 되었다.

　연대사업이라는 것은 우리 지역 단위에서의 가정 방문 지원 활동의 단위를 넘어서는 것이다. 지역과 국가 차원의 재난 시에는 연대사업을 통해 이재민들에 대한 긴급 구제 활동을 가능하게 한다. 새로운 시대의 새로운 형태의 가난이나 어려움에 대해서 공동 대응하는 노력에는 연대사업이 필요하다.

　이러한 연대사업은 빈센트 성인과 프레드릭 오자남이 초기부터 추진했던 정신이다. 앞으로도 이러한 연대사업은 계속 활성화되면 좋겠다.

태풍 피해 이재민 지원에 나서다

산업화 이후 기상이변 등으로 인하여 자연재해로 인한 이재민 등 어려움에 처한 이웃들이 많이 생겨나고 있다. 2020년대에 들어서도 잦은 태풍과 장마 등으로 인한 이재민이 많이 발생했다.

한국 빈첸시오회에서는 재난 대책 위원회를 중심으로 남부와 서부 지역 태풍 피해로 인한 이재민을 돕기 위해 전국적인 모금 활동을 전개했다. 현장 지원에도 나섰으며 전국의 협의회에서 많은 참여가 있었다.

이렇게 모은 의연금은 수마가 쓸어간 지역의 일선 활동회원을 통해 직접 전달했다. 개별 협의회별로 자매결연을 맺어 피해 지역 협의회를 직접 돕기도 했다. 이와 같은 긴급 지원으로 이재민들이 도움을 받게 되었다. 이러한 과정에서 빈첸시오 활동회원들의 연대 의식은 더욱 강화되었다.

이러한 재난에 대한 즉시 대응 체제의 구축은 일선 협의회는 물론 지역과 교구 이사회 차원의 대책기구를 만들어 운영하면 보다 효과적인 위기 대응이 가능할 것이다.

다만 지역과 단계별 이사회에 따라서는 역량이 부족한 곳도 있기 마련이다. 이 취약한 곳의 역량 강화를 위해서는 공감대 형성 능력 강화, 투명성 제고, 사

후 보고 및 평가 시스템의 구축이 필요하다. 또한 한
국 이사회 내에 설치한 재난 대책 위원회를 활성화
하는 것도 큰 도움이 될 것이다.

자연재해는 예고 없이 찾아온다. 태풍, 홍수, 산불
등 다양한 재난 상황에서 신속하게 대응할 수 있는
시스템이 필요하다. 전국적인 네트워크를 가진 빈첸
시오회는 이러한 재난 대응에 최적화된 조직이다.

피해 지역의 협의회는 현장 상황을 정확히 파악하
고 필요한 지원 내용을 전달한다. 전국의 협의회는
신속하게 모금에 동참하고 물품을 지원한다. 이러한
유기적인 협력 체계가 연대의 힘이다.

특히 자매결연을 통한 직접 지원 방식은 매우 효과
적이다. 피해 지역 협의회와 지원 협의회가 일대일
로 연결되어 지속적으로 관심을 갖고 돕는다. 단순
히 돈을 보내는 것이 아니라 마음을 나누는 진정한
연대가 이루어진다.

재난 대책 위원회의 역할도 중요하다. 평소에는 재

난 대응 매뉴얼을 정비하고 훈련한다. 재난 발생 시에는 신속하게 상황을 파악하고 전국 협의회에 지원을 요청한다. 투명하게 모금액을 집행하고 결과를 보고한다.

기후 변화로 인한 자연재해는 앞으로 더 자주, 더 강력하게 발생할 것으로 예상된다. 우리의 재난 대응 체계를 더욱 강화하고 활성화해야 한다. 이것이 새로운 시대의 새로운 가난에 대처하는 방법이다.

아이티 지진 피해자 돕기

빈첸시오는 특정한 목적을 위해 모은 자금은 가급적 조속한 시일 내에 목적에 부합하는 지원 사업을 실시하는 것을 원칙으로 한다. 몇 번의 재난 대책 사업을 하다 보니 사업이 종료된 이후에 추가 수집된 모금액이 쌓여 있었다. 이의 조기 집행이 필요했다.

이 자금의 사용 문제에 대해 이사회 구성원인 재난 대책 위원회를 중심으로 전국의 교구 이사회 회장들과 상의했다. 논의 결과 러시아와 우크라이나 전쟁 고아를 돕는 방안, 국경없는의사회 활동 지원과 아이티 지진 피해자 지원 대책 등에 대한 지원안이 제기되었다.

아이티 지진 난민 피해자 모금액을 사회복지법인 소속 꽃동네 형제회와 자매회를 통해, 현지 봉사팀에 전달하는 장면

그 가운데 아이티 지진 피해자에 대한 지원이 가장 필요하다는 데 공감대가 형성되었다. 아이티의 경우는 국가가 무정부 상태였다. 성금을 전달할 방법이나 기관도 없었다.

"이웃이 하느님을 사랑하지 않는다면, 나 혼자 하느님을 사랑하는 것으로는 충분하지 않다."

– 빈첸시오 성인

아이티 지원 방안을 찾다 보니 우리나라 꽃동네 수도회가 비밀리에 현지에서 지진 피해자 구호 사업을 벌이고 있다는 소식을 접했다. 우리는 모금액을 사회복지법인 꽃동네를 통해 지원했다. 동 모금액이 잘 전달되었다는 사실도 확인했다. 이러한 전달 사항을 전국의 빈첸시안들에게 공유했다.

이 성금을 전달한 지 며칠이 지나 꽃동네 창설자 오웅진 신부님으로부터 고맙다는 전화를 받았다. 오웅진 신부님과는 55년 전 인연이었다. 오 신부님은 내가 초등학교 다니던 시절에 무극본당의 주임 사제였고 나는 무극본당 삼성 공소의 신자였다. 매주 미사 참례 시 그분을 뵐 수 있었고 그분이 다리 밑에 거주하는 노숙자들을 위해 봉사하는 모습을 보곤 했었다. 그런데 55년 만에 한국 빈첸시오회 회장으로서 장시간 통화를 하게 된 것이다. 참 기이한 인연이다. 전화 통화 과정에서 꽃동네재단이 국내는 물론 해외 어려운 이웃을 위한 봉사를 다양하게 전개하고 있음

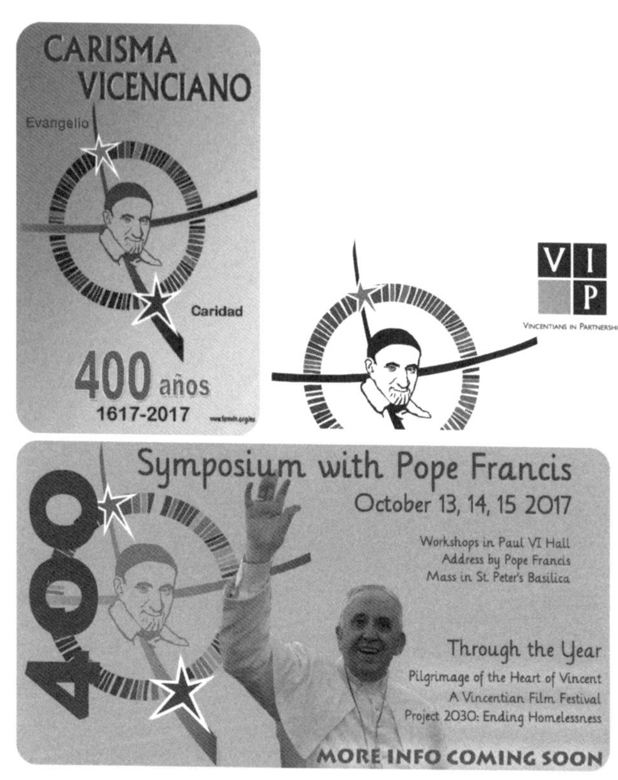

빈첸시오 영성 400주년 기념행사 공식 배너

을 알게 되었다. 어렸을 때 오웅진 신부님과의 인연이 빈센트 성인과 만남으로 이어진 것이 아닌가 생각된다.

어려운 사람을 위한 일꾼들은 언젠가는 만나게 되는 것 같다. 국제 연대 지원 사업이었지만 이 사업을 통해서 세계는 하나의 마을처럼 가까운 이웃이며 마음만 있으면 세계 어느 곳이라도 서로 도우며 살 수 있을 것이라는 생각을 하게 되었다.

이제 이웃사랑 실천은 지역사회는 물론 국경과 종파를 넘어 연대한다면 큰 결실을 거둘 것이다. 지구촌 시대에 도움이 필요한 사람이 누구인지에 대해서도 마음을 열고 다가가는 자세 전환이 필요하다.

2017년 빈첸시오 성인 카리스마 400주년 기념식에서 빈첸시안들이 모여서 했던 다짐을 상기해 본다. 새로운 형태의 가난인 난민 등에 대한 연대 협력이 무엇보다 중요하다는 생각을 해본다. 국경을 넘어 세계로, 우리의 이웃사랑은 계속 확장되어야 한다.

공감대 형성의 중요성을 일깨워 준
Thirteen Houses 연대

빈첸시오회 한국 이사회는 자매단체들과 'Thirteen Houses'라고 하는 집 지어주기 운동을 추진하게 되었다. 이 사업 추진을 위해 참여 단체들은 분기별 모임을 통해 연대사업 추진을 논의해 왔다.

Thirteen Houses 사업은 기본적으로 집이 없는 사람들을 위해 집을 마련해 주기 위한 사업이다. 처음에는 세 곳 수녀회사랑의 딸회, 빈센트 수녀회, 사랑의 시튼 수녀회에서 중심이 되어 사업을 추진하던 것이었다. 빈첸시오회는 집행부의 일부 임원만 참여했다. 초기에는 한두 명의 임원이 회의에만 참여했다.

한국 이사회에서는 이 운동에 대한 충분한 소통이 이루어지지 못했다. 더구나 회장의 업무 인수인계 과정에서도 이 연대사업에 대해서는 별도 보고를 받지 못했다. 그러다 보니 수녀회를 중심으로 이 사업이 추진되었고 모금도 자매기관 중심으로 이루어졌다.

회장에 취임한 해에 동 사업의 모금 시한이 종료되었는데 빈첸시오 협의회들은 거의 참여가 없었다. 좋은 사업 취지에도 불구하고 충분한 홍보와 공감대 형성이 이루어지지 않은 탓이다. 이에 동 사업의 시한을 1년 더 연장하여 모금하자고 제안했다.

그리하여 빈첸시오회에서도 어느 정도 모금 운동에 참여하게 되었고 전국의 많은 협의회가 동참했다. 모금액의 배분과 관련하여 문제가 발생했다. 뒤늦게 안 사실이지만 당초 자매단체들은 사랑의 딸 수녀회에서 운영하는 다문화 가정을 위한 임대주택 마련에 사용하겠다는 결정을 했다는 것이다.

하지만 한국 이사회 차원에서 모금 활동을 전개하면서 모금액의 사용처에 대한 다양한 의견이 나왔다. 노숙자를 위한 숙소 마련이나 무료 급식소에 대한 지원 필요성이 제기된 것이다. 그래서 많은 논의가 있었고 합의안 도출에도 많은 어려움을 겪었다.

논의된 모든 의견을 종합 검토하여 모두가 수긍할 수 있는 대안을 제시했다. 수녀회에서 모금한 자금은 당초 자매기관이 지원하기로 한 곳에 지원하고, 빈첸시오회를 통해 모금한 금액은 다문화 가정 임대주택 마련 지원은 물론 노숙자를 위한 쉼터와 무료 급식소 등에 동등하게 지원했다.

이러한 지원 방식은 Thirteen Houses 사업 취지에 부합하고 전체 빈첸시안들의 공감을 얻는 데 기여했다. 추진 결과는 전국에 있는 협의회들에게 투명하게 보고하고 향후 연대사업 추진에 참고하도록 했다.

특히 Thirteen Houses 사업을 추진하면서 빈첸시오회 이외의 여러 단체들과 연대사업을 추진할 때에는 사업 추진에 앞서서 충분한 공감대 형성과 모금액의 집행계획에 대해서도 사전 합의가 중요하다. 이 사례는 연대사업의 중요한 교훈을 남겼다. 아무리 좋은 취지의 사업이라도 참여자들의 충분한 공감대 형성과 합의 없이는 성공하기 어렵다.

다문화 가정 돌봄을 위한 연대

경제가 발전하고 산업화가 진전되면서 사람들은 3D 업종에 대한 취업을 기피하고 좋은 일자리를 찾아 떠난다. 이로 인해 3D 업종은 살아남기 위해 해외 인력을 고용하게 된다. 국내에도 2000년대에 들어 해외 근로자가 많이 늘어나고 이 과정에서 다문화 가정도 늘어나고 있다.

하지만 다문화 가정의 경우 문화와 언어 장벽 등으로 가정 내에서의 갈등과 폭력이 늘어나고 이혼하는 가정도 늘어나게 된다. 이로 인해 새로운 형태의 가난이 발생하게 됨에 따라 빈첸시오 회원들은 이들을 돕는 데 관심을 갖게 되었다.

이들은 경제적인 문제뿐만 아니라 언어와 문화적인 애로도 겪고 있다. 이들을 돕기 위해서는 기존에 해오던 가정 방문이나 김장 및 쌀 나눔과 같은 협의회 간 연대사업은 물론, 사회복지 시설이나 전문가들과의 협력이 매우 중요하다. 재원 마련도 협의회 차원을 넘어 사회복지 기관 등과의 연대가 필요하다.

다문화 연대사업을 추진하면서 그동안의 사업과는 달리 많은 준비 과정과 공감대 형성이 필요했다. 사업 추진 과정에서 다문화 가정들의 참여를 유도하기 위해 이벤트성 사업도 추진하게 되었다.

다문화 가정을 만나면서 막연한 외국인에 대한 배타적인 태도가 사라지고 가까운 이웃으로 다가가게 되었다. 다문화인들은 자신들의 문제뿐만 아니라 모국에 사는 부모나 형제들에 대한 걱정도 하며 사는 사람들이었다.

그래서 그들은 자신의 경제적인 문제 해결뿐만 아니라 모국의 가족을 위해 열심히 일을 하게 되었고

김장·쌀 나눔

그 과정에서 그들의 자녀들은 홀로 집에 남아 있게 되는 경우가 많음을 알게 되었다. 남겨진 자녀들을 위한 방과 후 학습이나 돌봄에 대해서도 신경을 써야 할 부분이었다.

다행히 이들 자녀들에 대한 돌봄은 정부와 지자체 차원의 도움이 늘어나면서 봉사자들의 역할은 가족 전체가 해결하지 못하는 현안들의 해결에 눈을 돌리게 되었다. 재취업 알선이나 비자 갱신, 체불 임금 등 법률적인 문제, 병원 이용상의 문제 해결 등에 전문가들과 함께 나섰다.

다문화 돌봄 사업을 추진하면서 새로운 시대에 새로운 가난에 대해서는 많은 관심과 준비가 필요하다는 점을 새삼 느끼고 있다. 다문화 가정 지원은 단순히 경제적 지원이 아니다. 문화적 이해, 언어 교육, 법률 지원, 자녀 교육 등 종합적인 접근이 필요하다. 이를 위해서는 여러 기관과의 연대가 필수적이다.

사회적 약자를 위한 정책 개선 연대

어려운 이웃을 돕기 위한 봉사 활동을 하다 보면 사회복지 시설이나 관련 기관들과의 만남과 대화가 이루어지게 된다. 왜냐하면 우리가 만나야 할 어려운 이웃들이 집에서 머물지 못하고 시설 등에 입소해 사는 경우가 많이 나타나기 때문이다.

이런 경우 그분들을 가끔 찾아뵐 때가 있는데 이러한 때 우리는 사회복지 시설 관계자들과 접촉하게 된다. 이분들을 만나면서 알게 된 사실 중에 하나는 이들 시설에 종사하는 사람들은 그들의 원래 목적인 어려운 이웃과 함께하는 시간을 보내기보다는 주무관청 등에 보고할 서류 작성 등 과도한 행정업무로 행정 서류 작성에 많은 시간을 보내야 한다는 사실을 알게 되었다.

이들의 행정적 부담을 줄여주는 것은 또 다른 이웃사랑 실천이라는 생각을 하게 된다. 이러한 시각에서 협의회 차원을 넘어 지역 협의회 그리고 사회복지 시설 전문가 등과 정책 개선 사업을 논의하게 되었다.

이 사업의 추진을 위해 공모 사업에 응모해 사업 예산을 확보하는 한편 사회복지 사업 전문가와 시설 운영자 등과 함께 정책 개선 사례집을 만들고 정책 간담회를 열었다. 간담회는 다음과 같은 순서로 진행되었다.

1. 중증 발달장애인 제도의 개선중증 발달장애인 부모의 고충 사례
2. 사회적 기업제도의 개선마인하우스 사례
3. 노인요양시설10인 미만의 공동생활가정 관리제도의 개선성모원 사례

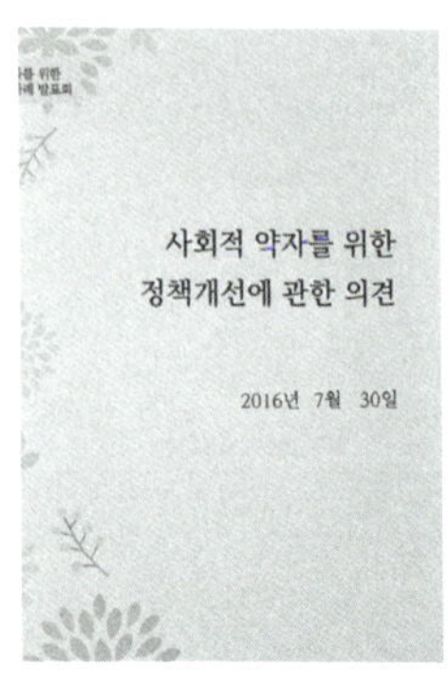

'사회적 약자를 위한 정책개선에
관한 의견' 간담회 관련 책자

4. 노인요양시설의 평가제도과다한 서류부담 완화 등 개선

5. 차상위 계층 지원제도의 개선중국동포의 사례

6. 사회적 약자를 위한 유니버설 디자인제도의 활성
화유모차 이용 부모의 사례 등

7. 장애아동지적장애인 공동생활가정 지원제도의 개선
개인 그룹홈 운영자 경험 사례

8. 공적연금제도의 개선에 관한 의견

동 정책 간담회는 국회 및 시의회 관계자들과 함께
했으며 사회복지 시설의 어려움을 정부 지원금을 받
는 당사자들이 행정상의 어려움을 직접 설명하는 형

태로 진행했다.

이러한 정책 논의 과정은 언론과 방송 등을 통해 홍보하여 사회적 여론 환기에도 힘을 쏟았다. 이러한 정책 개선 노력으로 사회복지 관련 제도가 개선되고 새로운 지원 정책 등이 강구되었다.

이러한 형태의 사회적 약자를 위한 정책 개선 운동을 빈센트 성인이 오늘날 살아 계셨다면 그대로 하셨을 것이라 생각한다. 그래서 《가톨릭평화신문》에 몇 개월에 걸쳐 연재를 한 후 고민하던 끝에 허근 신부님단중독위원회 위원장과 함께 유경촌 디모테오 주교님을 찾아뵈었다.

이 자리에서 정책 연대사업의 결과를 설명드리고 이러한 사업을 앞으로도 지속 가능하게 추진하기 위해서는 지역차원의 사업이 아닌 교구나 전국단위사업으로 계속 추진해 주도록 건의드렸다. 이에 대해 유경촌 주교님께서는 웃으시면서 이병욱 회장께서 직접 와서 해 주시면 좋겠다고 말씀하셨다.

놀랍게도 그로부터 4년 뒤에 나는 성 빈첸시오 아바오로회 한국이사회 회장으로 선출되었다. 그 후 2년 뒤에는 천주교 평신도 사도직단체 협의회평협 회장으로 임명되어 더 큰 안목에서 이웃사랑 문제를 생각하게 되었다.

정책 개선 연대는 직접적인 물질 지원과는 다른 차원의 사회적 약자를 위한 이웃사랑 실천이다. 제도를 개선함으로써 더 많은 사람들이 혜택을 받을 수 있다. 사회복지 종사자들의 업무 부담을 줄임으로써 그들이 본연의 임무인 이웃 돌봄에 더 집중할 수 있게 한다.

이를 위해서는 현장의 목소리를 정확히 전달할 수 있는 정책 당국과의 소통 창구를 만들고 언론을 통한 여론 형성도 필요하다. 빈첸시오회는 전국적인 네트워크를 가지고 있어 이러한 정책 개선 운동에 큰 역할을 할 수 있다. 개인을 돕는 것도 중요하지만 제도를 개선하는 것도 중요한 사회적 약자를 위한 이웃사랑 실천이 될 수 있다.

연대사업의 힘과 한계

　　연대사업은 이웃사랑 실천에 많은 도움이 되고 큰 힘을 발휘할 수 있다. 빈첸시오 성인이 활동하던 시절에는 국가 간의 경계가 있었고 또한 정보통신기술의 발달이 이루어지지 않아 연대사업을 추진하는 데는 지역적으로 또는 시간적으로 한계가 있을 수밖에 없었다.

　　그러나 SNS와 인터넷이 발달한 오늘날에는 연대사업 추진이 한결 수월해졌다. 개별 교회나 지역사회 차원을 넘어 국가와 세계 차원의 연대도 마음먹기에 따라서는 쉽게 추진할 수 있게 되었다.

일선 협의회 차원을 넘어 연대사업을 추진하는 것은 새로운 형태의 가난에 대처하는 좋은 이웃사랑 실천이 될 수 있다. 실제 한국 이사회 차원의 연대사업 추진으로 많은 열매를 맺은 적이 있다.

하지만 연대사업을 국가나 세계적으로 추진하는 것은 여러 가지 제약 요인이 있다. 특히 연대사업을 추진하는 대상은 대부분 긴급을 요하거나 많은 재원을 필요로 하기 때문에 협력 기관들과의 원활한 소통과 공감대 형성이 연대사업의 성패를 좌우한다.

따라서 연대사업에 참여하는 구성원들을 설득하고 신속히 사업을 추진하기 위해서는 연대 조직 구성과 거버넌스 체제의 구축이 중요하다. 또한 연대사업은 일상적인 지원 활동이 아니라 특별한 경우에 발생하는 경우가 많으므로 협력 필요성에 대한 공감대 형성과 추진 방식의 합의가 매우 중요하다.

이러한 특성 때문에 항구적이고 지속적인 사업 추진은 기대하기 매우 어렵다. "빨리 가려면 혼자 가고 멀리 가려면 함께 가라."라는 속담처럼 어려운 이웃 사랑 실천을 지속적으로 하려면 연대사업에 대해서 새로운 안목과 운용 시스템 구축에 함께 노력해야 한다.

연대사업의 힘은 명확하다. 개별 협의회가 할 수 없는 큰 규모의 지원이 가능하다. 전국적, 국제적 재난 상황에 신속하게 대응할 수 있다. 여러 기관의 전문성을 결합하여 종합적이고 체계적인 지원이 가능하다. 사회적 여론을 형성하고 정책을 개선할 수 있다.

하지만 한계도 분명하다. 공감대 형성에 시간이 걸리고 의사결정 과정이 복잡하다. 투명성 확보와 사후 관리가 어렵고 지속성을 유지하기 힘들다.

이러한 한계를 극복하기 위해서는 첫째 재난 대책위원회 같은 상시 조직을 활성화해야 한다. 평상시에는 매뉴얼을 정비하고 훈련하며, 재난 발생 시에는 신속하게 대응한다.

둘째, 연대할 파트너와 연대사업에 참여할 구성원을 명확히 해야 하며 이들과의 투명한 의사소통 채널을 구축해야 한다. SNS, 이메일 등을 활용하여 신속하게 정보를 공유하고 의견을 수렴한다.

셋째, 연대 주체 간 명확한 의사결정 체계를 만들어야 한다. 긴급 상황에서 누가 어떤 권한과 책임으로 결정하는지 역할이 분명해야 한다.

넷째, 투명한 회계와 보고 시스템이 필요하다. 모금액과 집행내역이 투명하게 공개되어야 하고 사후 평가를 통해 미래 대응 방식을 재정립하는 것이 중요하다.

연대사업은 새로운 시대의 새로운 가난에 대처하는 효과적인 방법이다. 개별 협의회의 한계를 넘어 더 큰 선을 이룰 수 있다. 하지만 성공적인 연대를 위해서는 체계적인 준비와 지속적인 노력이 필요하다. 함께 가는 길이 더디더라도 멀리 갈 수 있다. 이것이 연대의 지혜다.

잊지 말아야 할 것은 이웃사랑 실천이 착한 사마리아인 정신에 따라 협의회를 중심으로 이루어져야 한다는 점이다. 따라서 연대사업은 협의회의 역량을 강화하는 쪽으로 추진되어야 하며 협의회 활동을 위축시키는 부작용을 최소화해야 한다.

제5장

빈센트 성인과
프레드릭 오자남을 따라

"가난한 이가 곧 나의 스승"

빈첸시오 성인이 400년 전 우리에게 남긴 가장 중요한 가르침 중 하나는 "가난한 이가 곧 나의 스승"이다. 처음 이 말씀을 들었을 때는 이해하기 어려웠다. 우리가 그들을 돕는데 어떻게 그들이 우리의 스승이 될 수 있을까?

그러나 나는 희망 안에서 섬기는 정신Serving in Hope으로 어려운 이웃을 만나면서 깨달았다. 우리가 전하는 것은 단순한 물질적 도움이 아니라 희망이다. 그리고 역설적이게도 우리가 그들로부터 더 큰 희망을 얻게 된다.

28년간 어려운 이웃을 만나면서 나는 이 말씀의

의미를 조금씩 깨닫게 되었다. 처음 임대아파트를 방문했을 때를 기억한다. 좁은 방 안에서 세 식구가 살고 있었다. 그런데 놀랍게도 그 집 주인은 이웃 어르신들을 초청하여 회갑잔치를 열고 있었다. 20여 명이 9평짜리 좁은 공간에 모여 삼겹살과 막걸리, 김치를 먹고 마시며 웃고 있었다.

"가난한 이를 섬긴다는 것은 곧 예수 그리스도를 섬기는 것이다. 가난한 이 안에서 그리스도를 섬기고 있는 것이다. 지금 우리가 여기에 서 있는 것만큼 이것은 진실하다."

– 빈첸시오 성인

그 순간 나는 내가 가진 것이 많다고 해서 더 행복한 것이 아니라는 것을 깨달았다. 오히려 없는 가운데서도 이웃과 나누며 사는 그들이 진정한 행복을 알고 있었다. 그들은 물질적으로는 가난했지만 영적으로는 부유했다.

또 우리들을 만날 때마다 그들은 항상 고마워하며 자신들은 받기만 하고 줄 것이 없다며 미안해했다. 그런데 그들의 겸손한 태도가 오히려 나를 부끄럽게 했다. 나는 과연 얼마나 고마워하며 겸손한 삶을 살고 있는가?

프레드릭 오자남은 이렇게 말했다. "우리는 가난한 이를 섬기러 간다. 그러나 실은 그들이 우리의 스승이다." 200년 전 젊은 청년이 깨달았던 이 진리를 나도 지금 체험하고 있다.

어려운 이웃들은 진정한 기도가 무엇인지 가르쳐준다. 공사판에서 허리를 다쳐 집 안에 누워만 있던 형제는 우리와 함께 기도하고 대화하면서 조금씩 변해갔다. 몇 년 후에는 본인이 직접 성당에도 나오고 재취업도 하였으며 우리를 위해서 감사의 기도를 하며 살고 있다고 했다.

백혈병으로 죽어가는 딸을 지켜보던 어머니. 며칠

째 식음을 전폐한 채 중환자실을 지키던 그 모습에서 나는 십자가 아래에서 기도하시던 성모님의 모습을 떠올리며 묵주기도를 생활화하게 되었다. 이같이 어려운 이웃들과 함께하면서 그들로부터 진정한 사랑과 가치 있는 삶이 무엇인지 배우게 된다.

희망 안에서 섬기는 것Serving in Hope은 일방적인 것이 아니다. 우리가 그들에게 희망을 주지만, 동시에 그들로부터 더 큰 희망을 받는다. 28년간 어려운 이웃을 만나면서 나는 계속 배우고 있다. 그들은 나의 스승이다. 빈첸시오 성인과 오자남이 깨달았던 그 진리를 나도 조금씩 깨달아가고 있다. 빈첸시안의 소명은 가난한 이들 안에서 예수님을 만나고 그 만남 속에서 희망을 발견하는 것이다.

200년 전 그 청년의 외침

프레드릭 오자남이 대학생 시절인 1833년 당시 프랑스는 격변의 시대였고 프랑스 혁명 이후 가톨릭 교회는 많은 비판을 받고 있었다. 특히 대학가에서는 종교에 대한 회의론이 팽배했다.

한 토론회에서 한 학생이 오자남에게 말했다. "당신들 가톨릭 신자들은 말만 한다. 과거에 무엇을 했는지 자랑하지만 지금은 무엇을 하고 있는가? 거리에 굶주린 사람들이 있는데 당신들은 무엇을 하고 있는가?"

이 질문은 오자남의 가슴을 찔렀다. 그날 밤 그는 잠을 이루지 못했다. "말로만 하지 말고 행동하자.",

"신앙을 입으로만이 아니라 발로, 손으로 증명하자.", "그리고 무엇보다 절망에 빠진 이들에게 희망을 전하자."라고 결심했다.

– 프레드릭 오자남

오자남은 여섯 명의 친구들과 함께 첫 모임을 가졌다. 그들은 빈첸시오 성인의 정신을 따라 어려운 이웃을 직접 찾아가기로 했다. 매주 회합을 열어 비밀 헌금을 모았고 어려운 이웃을 위해 거리로 나섰다. 그들이 전한 것은 단순한 물질적 도움만이 아니라 희망이었다. 절망 속에 있는 이들에게 '당신도 소중한 사람'이라는 희망의 메시지를 전했다.

처음에는 일곱 명으로 시작했지만 그들의 활동은 빠르게 확산되었다. 대학생들이 먼저 동참했고 이어서 교수들, 노동자들, 상인들도 참여했다. 그들은 계층과 직업을 초월하여 어려운 이웃을 섬기는 데 하나가 되었다.

오자남은 단순히 돈을 주는 것으로 만족하지 않고 그들의 집을 직접 방문하여 함께 앉아 대화를 나누며 그들의 아픔을 경청했다. 또한 그들과 함께 기도하며 그들에게 무엇이 진정 필요한지 함께 고민했다.

오자남의 또 다른 혁신은 '협의회' 시스템이었다. 회장은 독단적으로 결정하지 않았으며 모든 회원이 평등하게 의견을 나누고 모두가 합의에 이를 때까지 토론했다. 이것은 당시로서는 매우 민주적인 방식이었다.

그는 또한 '자립'의 중요성을 강조했다. "가난한 이들을 억압으로부터 해방시키는 것이 진정한 자선이다." 단순히 물고기를 주는 것이 아니라 물고기 잡는 법을 가르쳐야 한다고 했다. 일자리를 찾아주고, 기술을 가르쳐주고, 교육 기회를 제공했다. 자립은 단순히 경제적 독립이 아니라 자존감의 회복과 미래에 대해 희망을 갖는 것이다. Serving in Hope의 핵심이 바로 여기에 있다.

200년이 지난 지금, 오자남의 외침은 여전히 유효하다. 어려운 이웃과 함께하는 우리들은 말만 하지 말고 행동하며 신앙을 실천으로 증명해야 한다. 가난한 이들을 직접 찾아가서 그들의 목소리를 경청하고 자립을 도와주어야 한다. 그리고 무엇보다 그들에게 희망을 전해야 한다.

나도 28년 전 IMF 위기 속에서 오자남의 외침을 들었다. 잘못 작성한 회원 가입서로 시작된 인연이었지만, 그것은 내 인생의 전환점이 되었다. 스무 살 청년의 200년 전 외침이 지금 이 순간 나를 움직이고 있다. 절망의 한복판에서 희망을 발견하게 했으며 그 희망을 다른 이들과 나누게 했다. 앞으로도 계속 그럴 것이다.

파리에서 서울까지

빈센트 성인은 1581년 프랑스 랑드 지방의 작은 농촌 마을 뿌이에서 가난한 농부의 셋째 아들로 태어났다. 2025년 5월 가족 행사차 파리를 방문했을 때 나는 수많은 볼거리를 마다하고 850킬로미터를 달려 피레네산맥 북쪽 그 작은 마을을 찾아갔다. 빈첸시오 성인의 흔적을 직접 보고 싶었기 때문이다.

그 겸손한 집 앞에 섰을 때 나는 깊은 감동을 받았다. 400년 전 이곳에서 태어난 한 가난한 농부의 아들이 세상을 바꿨다. 오늘날 전 세계 80만 명이 넘는 빈첸시안들이 그의 정신을 따라 활동하고 있다.

빈센트 성인은 처음에는 가난한 부모님을 잘 모시고 싶어 출세를 꿈꿨고 꿈을 실현하기 위해 사제가 되었다. 그러나 공디 가문의 가정교사로 일하면서 그는 변화를 겪는다. 부자들과 가난한 이들을 모두 만나면서 진정한 사명을 발견했다.

1617년 샤티용-레-동브에서의 경험이 전환점이 되었다. 미사 중 한 가난한 가정의 비참한 상황을 신자들에게 들려주었다. 그 후 놀라운 광경이 목격되었다. 그의 강론을 들은 신자들이 너나 할 것 없이 그 집으로 달려가 음식과 물품을 가져다주었다.

빈센트는 모두가 한꺼번에 몰려가 도와주니 음식이 썩고 물품이 낭비되는 문제점을 발견했다. 그래서 어려운 이웃을 돕기 위해서는 체계적인 도움을

빈센트 성당 모습

주는 방식이 필요하다고 판단하여 '자선회'를 조직
했다. 이것이 오늘날 빈첸시오회의 뿌리이다.

　200년 후 프레드릭 오자남이 파리에서 이 정신을
이어받았다. 1833년 일곱 명의 청년들이 모여 '성 빈
첸시오 아 바오로회'를 창립했다. 그들은 빈첸시오 성
인의 정신을 따라 어려운 이웃을 직접 찾아갔다.
　그리고 다시 130년 후, 이 정신이 태평양을 건너

한국에 뿌리내렸다. 1961년 청주교구 파디 주교의 주선으로 빈첸시오회가 한국에 설립되었다. 1973년에는 한국 전국이사회가 설립 승인을 받았다.

나는 1998년 IMF 위기 속에서 이 전통의 일부가 되었다. 프랑스 뿌이의 작은 농가에서 시작된 빈센트의 정신이 400년의 시간과 수천 킬로미터의 거리를 넘어 서울의 한 성당까지 이어진 것이다.

지금 한국에는 수만 명^{후원회원 포함}의 빈첸시안이 활동하고 있다. 매주 회합을 열고, 400년 전 빈센트 성인이 했던 것처럼 그리고 200년 전 오자남이 했던 것처럼 어려운 이웃을 방문하고 함께 기도한다.

파리에서 서울까지. 이것은 단순한 지리적 거리가 아니다. 400년의 전통, 200년의 혁신, 그리고 오늘의 실천이 만나는 영적인 여정이다. 나는 이 위대한 여정의 작은 일부가 된 것을 영광으로 생각한다.

단순함의 힘

빈센트 성인의 영성 중 가장 인상 깊었던 것은 복잡한 이론이나 거창한 프로그램이 아닌 '단순함'이다. 그런데 그 단순함 속에 희망을 전하는 놀라운 힘이 있었다.

"단순함… 나는 이것을 나의 복음이라 부른다."

– 빈첸시오 성인

빈첸시오회의 활동은 매우 단순하다. 매주 모여 회합을 열고 함께 기도한 후 어려운 이웃에 대해 이야기를 나눈다. 비밀헌금을 모으고 다음 활동계획을 결정한 후 2인 1조로 어려운 이웃을 방문한다. 그게 전부다. 400년 동안 이 단순한 방식이 계속 이어져 왔다.

처음에는 이 단순함이 답답하게 느껴졌다. 현대 경영 기법을 도입하고 체계적인 운영시스템을 만들고 효율성을 높이면 더 많은 사람을 도울 수 있지 않을까 생각했다.

하지만 이 단순함이야말로 빈첸시오회의 가장 큰 힘이라는 것을 시간이 지나면서 깨달았다. 복잡한 시스템은 관료화되기 쉽고 거창한 프로그램은 지속하기 어렵다. 하지만 단순한 방식은 누구나 할 수 있고, 어디서나 시작할 수 있고, 오래 지속할 수 있다.

2인 1조 방문도 그렇다. 왜 꼭 둘이 가야 할까? 혼자 가면 더 많은 집을 방문할 수 있지 않을까? 하지만 이 단순한 원칙 속에 깊은 지혜가 담겨 있다. 둘이 가면 보다 더 잘 경청하게 되고 오해를 줄일 수 있으며 투명성도 높아진다.

누가 얼마를 내는지도 모르게 하는 비밀헌금도 그렇다. 겉으로 보기에는 효과가 없어 보이는 이 모금 방식이 모두를 배려하고 많은 활동회원을 모으는 데 기여한다. 부자는 겸손을 배우고, 가난한 이는 부담 없이 참여할 수 있다.

매주 회합도 그렇다. 인터넷이나 SNS가 발달한 오늘날에는 매주 모이는 것이 쉬운 일이 아니다. 하지만 어려운 이웃을 돕는 사람들은 매주 만나는 것이 중요하다. 매주 모여 서로의 활동 내용을 나누어야 어려운 이웃의 상황을 제때 파악할 수 있고 기도와 영성도 깊어진다.

빈첸시오 성인은 "하느님을 사랑합시다. 그러나 말로만이 아니라, 팔을 움직이고 이마에 땀을 흘리며 사랑합시다."라고 했다. 이것이 바로 '단순함'의 가르침이다.

28년간 활동하면서 나는 이 단순함의 힘을 체험했다. 복잡한 이론이나 거창한 프로그램보다 단순한 실천이 더 큰 변화를 만든다. 매주 만나고, 함께 기도하고, 이웃을 방문하고, 경청하는 것. 이 단순한 일들이 세상을 바꾸고 희망을 전한다.

복잡한 시스템 속에서 사람들은 길을 잃는다. 하지만 단순한 방식 앞에서 사람들은 희망을 본다. '나도 할 수 있겠다'는 희망. '우리도 변할 수 있겠다'는 희망을 보게 한다. 그리고 누구나 참여할 수 있게 만든다.

오늘날 세상은 점점 더 복잡해지고 있다. 하지만 빈첸시오회는 여전히 단순하다. 그리고 그 단순함 속에서 400년의 전통이 살아 숨 쉰다. 단순함. 그것이 바로 빈센트 성인이 우리에게 남긴 가장 큰 유산이다. 그리고 그 단순함을 통해 우리는 희망을 전한다.

기도와 실천의 조화

처음 빈첸시오 활동을 시작했을 때 나는 혼란스러웠다. 어려운 이웃을 방문하는 것이 더 중요한가, 아니면 기도하는 것이 더 중요한가? 실천과 영성, 이 둘 사이에서 균형을 잡기가 쉽지 않았다. 그리고 어떻게 절망 속에 있는 이들에게 희망을 전할 수 있을지 막막했다.

어떤 사람들은 기도만 열심히 하면 된다고 말한다. 또 어떤 사람들은 행동이 중요하지 기도가 무슨 소용이냐고 말한다. 빈센트 성인은 이 둘 사이에서 완벽한 균형을 보여주었고 그 균형 속에서 희망이 솟아난다는 것을 보여주었다.

빈센트 성인은 또한 이렇게 말했다. "가난한 이를 섬기기 위해 기도나 미사를 포기해도, 당신은 아무것도 잃지 않는다. 왜냐하면 가난한 이를 섬길 때, 바로 하느님께 나아가기 때문이다." 이 얼마나 혁명적인 가르침인가.

나는 이 가르침의 의미를 천천히 깨달아갔다. 기도와 실천은 분리된 것이 아니다. 기도가 실천으로 이어지고, 실천이 다시 기도로 돌아온다. 이 둘은 하나의 순환 고리다.

매주 회합은 기도로 시작한 후 서로의 방문 경험과 다음 주의 활동계획에 대해 토론한다. 이것 자체가 일종의 기도이다. 어려운 이웃의 이야기를 경청하는 것, 그들의 고통에 공감하는 것, 해결 방법을 함께 고민하는 것, 이 모든 것이 기도의 연장이다.

가정 방문도 마찬가지다. 우리는 항상 함께 기도하자고 청한다. 어려운 이웃과 함께 기도할 때, 그 순간이 가장 거룩하다. 기도 속에서 우리는 하나가 된다. 도와주는 사람과 도움받는 사람의 경계가 사라진다. 우리 모두 하느님 앞에 선 가난한 존재들이다.

기도 없는 실천은 공허하며 금방 지친다. 의미를 잃고 희망을 전할 힘을 잃는다. 하지만 실천 없는 기도 또한 공허하다. 말로만 하느님을 사랑한다고 하면서 이웃을 외면한다면 그것은 진정한 기도가 아니며 진정한 희망도 전할 수 없다.

빈센트 성인은 이 균형을 완벽하게 보여주었다. 매일 새벽 미사를 드리고 긴 시간 기도하며 동시에 하루 종일 가난한 이들을 위해 뛰어다녔다. 기도와 실천, 관상과 활동, 영성과 봉사 이 모든 것이 하나였다.

28년간 활동하면서 나도 이 균형을 조금씩 배워가

고 있다. 어려운 이웃을 만날 때마다 기도하게 된다. 기도할 때마다 어려운 이웃이 떠오른다. 기도와 실천 사이에서. 그곳이 바로 빈첸시안이 서 있어야 할 자리다.

희망 없는 봉사는 공허하다

빈첸시오 활동을 하면서 많은 봉사자들을 만났다. 그중에는 열정적으로 활동하다가 어느 순간 번아웃 되어 떠나는 사람들도 있었다. 봉사자들이 떠나는 이유는 무엇일까? 기쁨과 희망이 없는 봉사는 결국 공허하기 때문이다. 기쁨과 희망 안에서 섬기지 않으면 우리도 지치고, 어려운 이웃에게도 진정한 도움을 줄 수 없다.

"하느님을 사랑합시다. 그러나 말로만이 아니라, 팔을 움직이고 이마에 땀을 흘리며 사랑합시다. 그리고 그 사랑 속에서 희망을 전합시다."

– 빈첸시오 성인

처음 봉사를 시작할 때는 의무감이나 책임감으로 시작하는 경우가 많다. 어려운 이웃을 도와야 한다는 당위성, 신자로서 해야 할 일, 사회에 환원해야 한다는 생각, 이런 것들은 시작을 돕는다. 하지만 지속하기는 어렵다. 왜냐하면 희망이 없기 때문이다.

진정한 봉사는 의무가 아니라 희망에서 나온다. 어려운 이웃을 진심으로 사랑하게 되고 그들 안에서 변화의 가능성과 희망을 발견하게 될 때, 봉사는 의무가 아니라 기쁨이 되고 무거운 짐이 아니라 특권이 된다.

나는 이 변화를 직접 경험했다. 처음에는 주말의

협의회 활동이 부담스러웠다. 바쁜 일주일을 보내고 주말에 쉬고 싶은데 회합에 가야 했다. 가정 방문도 솔직히 편하지 않았다. 낯선 집을 찾아가는 것, 어색한 대화, 때로는 거절당하는 경험, 그리고 무엇보다 변화가 보이지 않는 것 같아 희망을 잃기도 했다.

하지만 시간이 지나면서 달라졌다. 어려운 이웃을 진정으로 사랑하게 되었으며 그들의 이야기에 귀 기울이게 되고 그들의 아픔에 공감하게 되었다. 그들 안에서 예수님의 모습을 발견하고 무엇보다 그들 안에서 희망을 발견하게 되었다. 작은 변화들, 작은 미소들, 작은 감사… 그것이 모여 큰 희망이 되었다.

프레드릭 오자남은 "자선은 사랑을 낳고, 사랑은 정의를 낳는다."라고 했다. 여기에 한 가지를 더한다면 사랑은 희망을 낳는다는 것이다. 처음에는 의무감으로 돕게 되지만 그 과정에서 진정한 사랑을 배우게 되고 그 사랑은 희망을 만든다. 그리고 그 희망이 세상을 바꾼다.

희망은 눈을 열어준다. 희망을 가지기 전에는 보이지 않던 것들이 보이기 시작한다. 어려운 이웃의 숨겨진 강점, 작은 가능성, 놀라운 회복력, 깊은 신앙. 이런 것들이 보이기 시작하면 희망은 더 커지고 그 희망이 우리에게도 느껴진다.

희망은 또한 겸손을 가르쳐준다. 내가 그들에게 희망을 준다고 생각했는데, 실은 그들이 나에게 더 큰 희망을 준다는 것을 알게 된다. 내가 주는 것보다 받는 것이 더 많다는 것을 깨닫는다. 그때부터 봉사는 기쁨과 보람이 된다.

28년간 활동을 지속할 수 있었던 원동력이 바로 희망이다. 어려운 이웃에 대한 희망. 변화에 대한 희망. 더 나은 세상에 대한 희망. 그 희망이 나를 매주 회합으로 이끈다. 그 희망이 나를 가정 방문으로 인도하고 나를 계속 빈첸시안으로 살게 한다.

희망 없는 봉사는 공허하고 금방 지치게 하며 의미

를 잃게 한다. 하지만 희망이 있는 봉사는 다르다. 끝 없는 에너지와 기쁨을 주며 의미 있게 한다. 그리고 무엇보다 그 희망은 봉사자에게서 이웃에게로, 이웃에게서 다시 봉사자에게로 전염된다. Serving in Hope. 희망 안에서 섬기는 것. 그것이 빈첸시안의 정체성이다.

성인의 발자취를 걷다

2025년 여름, 나는 빈센트 성인이 태어난 프랑스 남부 지방의 작은 마을 뿌이를 찾았다. 850킬로미터를 달려 그곳에 도착했을 때 나는 깊은 감동을 받았다. 이 작은 농가에서 450년 전 한 위대한 성인이 태어났다.

성인은 자신이 가난한 농촌 출신임을 결코 부끄러워하지 않았다. 가난한 농부의 아들이었기에 어려운 이들의 아픔을 이해할 수 있었을 것이다.

나도 가난한 농부의 아들이다. 4남 1녀 중 장남으로 태어나 어려운 환경에서 자랐다. 빨리 자라서 많은 돈을 벌어 부모님을 부양하고 가족을 잘살게 만들고 싶었다. 어려운 역경 속에서도 주경야독하며 좋은 직장을 얻고 유학도 하고 박사학위도 취득했다. 또한 많은 정책 제안 등으로 국가 사회 발전에 여러 면에서 기여도 했다. 그런 내게 빈센트 성인은 더욱 가깝게 느껴졌다.

뿌이에서 나는 성인의 어린 시절을 상상해 보았다. 가난하지만 부모님의 사랑 속에서 농사일을 도우며 행복하게 자랐을 것이다.

성인은 처음에는 출세를 꿈꾸며 사제가 되었다. 당시 사제는 안정적인 직업이었기 때문에 사제가 되고 싶은 마음은 가난한 집안의 아들로서 자연스러운 일이었을 것이다.

하지만 하느님은 그를 다른 길로 이끄셨다. 빈센트 신부는 공디 가문의 가정교사가 되면서 부자들과 가난한 이들을 모두 만나게 되었다. 그러면서 자신의 사명은 개인적인 출세가 아니라 이 둘을 연결하는 다리가 되는 것임을 깨닫게 되었다.

1617년 샤티용-레-동브에서의 경험이 전환점이 되었다. 그곳에서 성인은 체계적인 자선의 필요성을 깨닫고 최초의 자선회를 조직했으며 이것이 빈첸시

빈센트 성인 생가

오회의 뿌리가 되었다.

뿌이의 그 작은 집 앞에서 성인의 발자취를 따라 산다는 것이 무엇인지를 생각했다. 그것은 겸손하고 감사하는 마음으로 가난한 이들을 사랑하고 섬기는 것이다. 또한 부자와 가난한 이들을 연결하는 다리가 되고, 체계적이고 지속 가능한 이웃사랑 실천이 이루어지도록 노력하고 기도하는 것이다.

28년간 빈첸시오 활동을 하면서 나는 성인의 발자취를 따라 걸으려고 노력했지만 여전히 부족하다. 하지만 성인이 걸었던 그 길을 따라 매주 한 걸음씩 나아가고 있다.

뿌이를 떠나면서 나는 앞으로도 성인의 발자취를 따라 어려운 이웃을 섬기며 그들 안에서 예수님을 만나겠다고 다짐했다. 그리고 다음 세대에게 이 정신을 알려주며 희망 속에 섬기는 정신을 전수하겠다고 다짐했다.

　400년 전 가난한 농부의 아들이 시작한 여정과 200년 전 젊은 대학생들이 이어받은 전통 그리고 지금 우리가 걷고 있는 이 길이 바로 빈센트 성인의 발자취를 걷는 것이다. 앞으로도 세대를 넘어 절망이 가득한 세상 속에서도 희망을 잃지 않고 섬기는 사람들이 계속 나올 것이다. 그들은 가난한 이들 안에서 예수님을 만나는 기쁨과 섬김 속에서 평화를 찾고 무엇보다 희망을 나눔으로써 더 큰 희망을 받는 신비를 발견할 것이다.

　성인의 발자취를 걷는다는 것은 과거를 답습하는 것이 아니라 새로운 시대의 새로운 가난 앞에서 창의적으로 대응하면서도, 변하지 않는 핵심 가치를 지키는 것이다. 그 핵심 가치가 바로 희망 안에서 봉사Serving in Hope하는 정신이다.

　400년 동안 세상은 많이 변했고 앞으로도 계속 변할 것이다. 하지만 변하지 않는 것이 있다. 그것은 어려운 이웃이 필요로 하는 것이 단순한 물질적 도움이 아니라 희망이라는 것이다. 나도 소중한 사람이라는 희망과 내일은 더 나아질 수 있다는 희망 그리고 혼자가 아니라는 믿음이다. 이러한 희망을 전하는 것이 우리의 사명이다.

제6장

변화를 꿈꾸다

협의회 회원이 한국이사회 회장이 되다

2019년 11월, 한국이사회 회장 선거 결과가 발표되었다. 나는 제16대 회장으로 선출되었다. 22년간의 현장 활동과 지역 협의회, 교구 이사회 경험을 토대로 한국 빈첸시오회 전체를 이끌게 된 것이다.

솔직히 말하면 부담스러웠다. 전국 16개 교구 이사회, 600여 개 협의회, 그리고 수천 명의 회원들을 섬기는 자리다. 더구나 빈첸시오회는 400년 전통을 가진 세계적 조직이다. 그 한국 이사회를 이끈다는 것은 영광이면서도 무거운 책임이었다.

회장으로 선출되고 처음 한 일은 경청이었다. 각

교구를 돌며 회원들과 만났다. 현장에서 어떤 어려움을 겪고 있는지, 무엇이 필요한지 들었다. 코로나 19 감염병 사태가 확산되기 직전이었다. 회원들은 고령화, 회원 감소, 젊은 세대 참여 부족을 걱정했다.

그러나 더 큰 문제는 변화에 대한 두려움이었다. 오랜 관행과 익숙한 방식에서 벗어나는 것을 어려워했다. 400년 전통의 본질은 지키되, 시대에 맞는 변화는 필요하다고 생각했다. 빈첸시오 성인도 그렇게 하셨다.

회장으로서 나의 비전은 명확했다. 첫째, 착한 사마리아인 정신으로 살아가는 협의회 활성화, 둘째, 위원회 중심의 민주적인 조직 운영, 셋째, 새로운 형태의 가난에 대한 대응, 넷째, 재정의 건전성과 투명성 확보, 다섯째, 지속 가능한 이사회 운영시스템 구축 그리고 청년 빈첸시오 양성과 교육 강화였다.

2020년 2월, 첫 정기총회를 준비하던 중 코로나 19 감염병 사태가 터졌다. 당초 취임식과 정기총회를 내가 협의회 활동을 처음 시작한 대방동 성당에서 유경촌 디모테오 주교님의 축사와 미사로 열 예정이었다. 하지만 총회 당일부터 사회적 거리두기가 실시되어 대면 총회를 취소하고 서면 결의로 갈음하였다. 회장에 선출된 지 석 달 만에 맞은 위기였다. 이와 같이 엄혹한 상황에서도 두 달 뒤에 유 주교님께서는 아들의 혼례미사를 집전해 주시고 격려해 주었다.

초유의 코로나 사태로 인한 사회적 거리두기로 무엇을 해야 할지 모르는 상황에 처해 있었지만, 빈센트 성인의 정신을 따라 20여 년간 어려운 이웃을 만나며 배운 것이 있었기에 두렵지 않았다. 절망 속에서도 희망을 잃지 않는 법, 위기를 기회로 바꾸는 법 그리고 무엇보다 함께하면 이겨낼 수 있다는 것을 알기에 기쁜 마음으로 도전하였다.

첫 사업으로 코로나 19 감염병 사태로 활동이 중단된 대구와 안동 지역을 방문해 전국 빈첸시안을 대상으로 수집한 마스크, 소독제, 방역복 등을 전달하고 지역 협의회 회장 등을 격려하였다. 모두가 현장 방문을 두려워하고 방문 자체를 반대하였지만 착한 사마리아인 정신으로 현장 방문을 단행하였다.

그곳에서 200여 년 전 빈센트 성인의 후예인 프레드릭 오자남의 모습을 우리 자신들에게서 보았다.

오래된 관행과의 작별

　회장이 되어 가장 먼저 직면한 것은 오래된 관행이었다. 수십 년간 이어져 온 방식들이 있었다. 그중 일부는 빈첸시오 정신에 부합했지만, 일부는 단지 관행이었을 뿐이었다.

　예를 들어 회의 운영 방식이 그랬다. 일부 교구에서는 여전히 일방적인 보고와 지시가 주를 이루었다. 평신도 리더십과 민주적 의사결정이라는 빈첸시오회의 핵심 가치와는 거리가 있었다. 현장회원들의 목소리가 회의 운영에 제대로 반영되지 않았다.

　재정 운영도 마찬가지였다. 투명성과 효율성에도

문제가 있었다. 중복 지원이 있는가 하면, 정작 필요한 곳에는 지원이 이루어지지 않았다. 교구 간 소통과 협력이 부족했고 각자도생하는 느낌이었다.

나는 조심스럽게 변화를 시도했다. 위원회 중심으로 조직을 개편하고 위원회에서 교구 회장단 간담회를 수시로 개최하였다. 코로나 사태로 인한 사회적 거리두기로 대면회의는 어려웠지만 우리는 온라인과 단톡방 등에서 상시적으로 소통하였다. 특히 이 방식은 전국적인 재난 구조 활동에서는 큰 힘을 발휘했다.

오래된 관행과의 작별은 쉽지 않지만 반드시 해야만 했다. 형식은 바뀌어도 본질은 지킬 수 있다. 아니, 본질을 지키기 위해서 형식은 바뀌어야 한다. 그것이 내가 빈센트 성인에게서 배운 교훈이었다.

고독사 예방 운동의 시작

2018년 11월, 우리는 새로운 도전을 시작했다. 고독사 예방 운동이었다. 그 당시 나는 아직 한국이사회 회장이 아니었지만, 이 사업의 추진을 적극 지지했다. 그리고 회장이 된 후에는 이를 한국이사회의 핵심 사업으로 확대했다.

고독사는 새로운 형태의 가난이다. 경제적 빈곤만큼이나 심각한 '관계의 빈곤'이다. 아무도 찾지 않고, 아무에게도 관심받지 못한 채 홀로 죽어가는 것. 이것이 21세기 한국 사회의 현실이었다.

빈센트 성인이라면 어떻게 하셨을까 나는 생각했다. 성인은 분명 그 시대의 새로운 가난에 대응하셨

다. 갤리선 노예, 전쟁 난민, 유기 아동. 그 시대가 외면한 이들을 성인은 외면하지 않으셨다.

우리는 바보나눔재단의 지원을 받아 3년 반 동안 시범사업을 진행했다. 13개 교구에서 23개 협의회가 참여했다. 1인 가구 고독사 위험군을 월 1~2회 정기 방문하며 말벗이 되어주었다. 간단해 보이지만 큰 효과가 있었다.

2022년 5월, 우리는 고독사 예방 운동 세미나를 개최했다. 시범사업의 성과를 공유하고 전국적 확산 방안을 논의했다. 이제 이 운동은 빈첸시오회의 대표 사업이 되어야 한다. 코로나 이후 더욱 심각해진 고독과 단절의 문제에 대응하는 희망의 운동이 되었다.

인공지능 시대, 빈첸시오의 길

2018년 6월, 나는 대방동 성당^{주수욱 신부}에서 열린 포럼에서 '인공지능 시대 사회적 약자를 위한 빈첸시오 활동 방향'이라는 주제로 강연을 한 적이 있다.

나는 서울대교구 15지구 빈첸시오 이사회 회장으로서 "신앙인으로서 새로운 시대와 빈곤에 대처하기 위해 늘 기도하고 앞장서서 문제를 제기해야 한다."라고 강조했다.

인공지능 시대는 새로운 형태의 가난을 만들어낸다. AI와 디지털 격차가 그것이다. 스마트폰을 사용할 줄 모르는 노인들은 은행 업무도, 병원 예약도, 심지어 식당 주문도 어렵다. 기술 발전이 오히려 일부를 더 소외시키고 있다. 자동화와 AI는 일자리를 위협한다. 단순 노동이 사라지고 있다. 재교육 기회가 없는 중장년층은 일자리를 잃는다.

그렇다면 빈첸시오회는 어떻게 해야 할까. 나는 두 가지 방향을 제시했다.

첫째, 디지털 교육 지원이다. 스마트폰 사용법, 온라인 뱅킹, 키오스크 이용법 등 기본적인 디지털 리터러시를 해소해 주는 것이다. 이것만으로도 그들의 삶은 훨씬 나아진다.

둘째, 가정 방문 등 인간관계를 강화하는 것이다. 기술이 발전할수록 대면 접촉은 줄어든다. 배달 음식, 무인점포, 재택근무… 사람을 만날 일이 없다. 이럴 때일수록 직접 방문하고, 얼굴을 보고, 손을 잡아주는 빈첸시오 활동이 더욱 소중해진다.

빈센트 성인이 살았던 17세기도 격변의 시대였다. 30년 전쟁, 종교 분쟁, 흑사병. 그 혼란 속에서 성인

서울 대방동본당이 17일 주최한 '4차 산업혁명과 가난한 사람들, 그리고 교회' 포럼에서 강연자와 발표자들이 토론하고 있다.

은 변하지 않는 진리를 붙잡으셨다. 가난한 이를 직접 찾아가 섬기는 것, 그것은 단순하지만 확실한 방법이었다.

인공지능 시대도 마찬가지다. 기술은 도구일 뿐이다. 본질은 사람과 사람의 만남이다. 우리는 기술을 활용하되 기술에 지배되지 않아야 한다. 효율성을 추구하되 인간성을 잃지 않아야 한다.

인간은 영적이고 정신적인 존재이다. 인공지능이나 로봇이 인간의 결핍이나 부족함을 근본적으로 해소해 줄 수는 없는 것이다. 이러한 이유들 때문에 빈센트 정신에 따라 사는 것은 인공지능 시대에도 더욱 필요할 것이다.

지속 가능한 이웃사랑 실천 활동이란

　한국이사회 회장으로 재임하며 가장 고민한 것 중 하나는 지속 가능성이었다. 회원들은 고령화되고 새로운 회원 유입은 줄어들었으며 젊은 세대는 바쁘고 관심이 없어서 참여하지 않는다. 이대로 가면 10년 후, 20년 후는 어떻게 될지 우려되는 상황이다.

　지속 가능성에는 여러 측면이 있다. 첫째, 재정적 지속 가능성이다. 회원 감소는 후원금 감소로 이어진다. 어려운 이웃은 늘어나는데 이들을 도와야 할 재정 수입은 줄어든다. 둘째, 인적 지속 가능성이다. 현장에서 방문 활동을 해야 하는 활동회원은 날이 갈수록 부족하다. 셋째, 영적 지속 가능성이다. 희망

속의 봉사_{Serving in Hope}의 정신이 희석되면 빈첸시오
회는 단순한 복지 단체가 되고 만다.

나는 빈센트 성인의 정신에 따라 지속 가능한 이웃
사랑 실천을 위한 몇 가지 원칙을 세웠다.

첫째, 자립을 돕는 것이다. 단순히 물질적 지원보다
는 스스로 일어설 수 있는 환경을 만들어주는 것. 물
고기를 주기보다 물고기 잡는 법을 가르치는 것. 이것
이 어려운 이웃과 우리에게도 도움이 되는 것이다.

둘째, 연대와 협력이다. 한 협의회, 한 교구만의 힘
으로는 한계가 있다. 교구를 넘어, 단체를 넘어 협력
해야 한다. 빈첸시오회 자매단체사랑의 딸회, 빈센트 수녀
회, 사랑의 시튼 수녀회 등 관련 단체과의 연대도 중요하다. 함
께할 때 더 큰 일을 오랫동안 할 수 있다.

셋째, 사회적 약자를 위한 옹호대변 활동이다. 개인

을 돕는 것도 중요하지만, 구조적 문제를 해결하는 것도 필요하다. 고독사 예방제도 개선, 1인 가구 지원 정책 개선 그리고 디지털 격차 해소 등 정책적 변화를 위해 목소리를 내는 것. 이것이 근본적이고 지속 가능한 해결책이다.

넷째, 청년 빈첸시안 양성이다. 젊은 세대에게 빈센트 정신을 전하고 그들이 자기 방식으로 이웃사랑을 실천하도록 돕는 것이다. 젊은이들에게 강요가 아니라 영감을 주면 그들은 보다 창의적인 방식으로 이웃사랑 실천을 할 것이다.

다섯째, 본질에 집중하는 것이다. 복잡한 프로그램, 화려한 행사보다 중요한 것은 한 사람을 진심으로 섬기는 것이다. 매주 회합에 모여 기도하고, 어려운 이웃을 직접 방문하고, 그들과 함께 기도하는 것이 바로 400년을 이어온 단순함의 원칙이다.

지속 가능한 이웃사랑 실천은 거창한 것이 아니다.

변하지 않는 본질을 지키면서, 시대에 맞게 방법을
조율하는 것이다. 그것이 빈센트 성인이 우리에게
남긴 지혜이다.

후배들에게 바통을 넘기며

2022년 말로 3년의 임기가 끝났다. 코로나19 팬데믹이라는 유례없는 위기 속에서 성과도 있었고 아쉬움도 있었던 3년이었다.

회장직을 내려놓으면서 무엇을 이루었는지 후배들에게 무엇을 남겨줄 수 있는지 생각했다.

나는 후배들에게 세 가지를 공유하고 싶다.

첫째, 본질을 잊지 말자는 것이다. 빈첸시오회의 본질은 가난한 이들 안에서 예수님을 만나는 것이다. 희망 속의 섬김 Serving in Hope의 정신이다. 프로그램이나 조직이 아무리 훌륭해도, 이 본질을 놓치면 의미가 없다.

둘째, 변화를 두려워하지 말자는 것이다. 400년 전 빈첸시오 성인도 당시로서는 파격적인 변화를 시도하였다. 여성들을 봉사자로서 거리로 내보냈다. 평신도가 주도하는 조직을 만들고 가난한 이를 직접 찾아가게 했다. 이러한 일들은 당시로서는 매우 혁신적이었다. 우리도 본질을 지키기 위해서는 형식을 바꿀 용기가 필요하다.

셋째, 희망을 잃지 말자는 것이다. 현실은 늘 어렵다. 회원은 부족하고, 재원은 한정되어 있고, 어려운 이웃은 늘어만 간다. 코로나 감염병 사태 같은 위기도 올 것이다. 하지만 절망할 필요는 없다. 우리에게는 400년의 경험과 전 세계 80만 회원이 있다. 무엇보다 우리와 함께하시는 하느님이 계신다.

나는 28년간 빈첸시오 활동을 하며 한 가지를 확신하게 되었다. 작은 실천이 세상을 바꾼다는 것이다. 한 사람을 방문하여 함께 기도하고 말벗이 되어주는 것, 이러한 일들이 모여 큰 변화를 만든다. 그리고 그 변화는 그들뿐 아니라 우리 자신도 바꾼다.

후배들에게 바통을 넘기며 나는 마음이 편안하다. 그들은 나보다 더 창의적이고, 더 열정적이고, 더 유연할 것이다. 그들만의 방식으로 빈첸시오 정신을 이어갈 것이다. 나는 이제 다시 처음 시작했던 협의회 현장으로 돌아간다.

리더십은 위치가 아니라 섬김이다. 회장이라는 직책을 내려놓았지만 나는 여전히 빈첸시안이다. 그것으로 충분하다.

새로운 100년을 향하여

한국 빈첸시오회는 1961년 청주교구에서 시작되었다. 2026년이면 65년이 된다. 세계 빈첸시오회는 1833년 프레드릭 오자남과 7명의 친구들이 시작했다. 2033년이면 200년이 된다. 빈첸시오 성인의 자선회는 1617년에 시작되었다. 2026년 기준으로 409년으로 긴 역사다.

하지만 과거에 머물 수는 없다. 우리는 새로운 100년을 준비해야 한다. 2061년 한국 빈첸시오회 100주년, 2133년 세계 빈첸시오회 300주년을 향해 나아가야 한다.

새로운 100년은 어떤 모습일까를 상상해 본다. 인공지능과 로봇이 일상화된 세상, 기후 위기와 팬데믹이 반복되는 세상, 초고령 사회와 저출산으로 인구 구조가 완전히 바뀐 세상 그리고 가상현실과 메타버스가 현실과 구분되지 않는 세상이 펼쳐질 것 같다.

이러한 변화 속에서 가난의 형태는 또 어떻게 변할까. 아마도 관계의 빈곤과 인간의 외로움은 더 심각해질 것이다. 물질적 풍요 속에 정신적 빈곤이 확산되고 인공지능과 디지털 격차는 새로운 빈곤계층을 낳을 것이다.

이러한 환경 속에서 빈첸시오회는 무엇을 해야 할까. 나는 변하지 않는 본질이 있다는 것을 믿는다. 가난한 이를 직접 찾아가는 것, 그들과 함께 기도하는 것, 희망을 나누는 것, 이 단순한 원칙은 앞으로 400년 후에도 유효할 것이다.

다만 방법은 진화해야 한다. 가상현실 속 만남도 진정한 만남이 될 수 있을 것이다. AI가 도움이 필요한 이를 찾아내는 데 활용될 수 있을 것이다. 블록체인 기술로 더 투명하고 효율적인 지원이 가능해질 것이다. 기술을 적극 활용하되, 기술에 지배되지 않는 지혜가 필요하다.

새로운 100년을 준비하는 것은 우리 세대의 책임이다. 청년들을 양성하고, 시스템을 정비하고, 재정을 안정화하며 국제 연대를 강화해야 한다. 하지만 무엇보다 중요한 것은 희망 속의 섬김Serving in Hope의 정신을 다음 세대에 온전히 전하는 것이다.

28년 전 잘못 작성한 가입서로 시작된 나의 여정이 나를 한국이사회 회장까지 이끌었다. 그리고 이제 나는 한 사람의 일선 협의회 빈첸시안으로 돌아간다. 협의회 활동회원으로서 어려운 이웃을 방문하고 기도하며 희망을 나누는 삶을 이어간다.

400년을 이어온 이 아름다운 전통이 앞으로 400

년, 아니 영원히 이어지기를 기대한다. 또한 가난한
이들 안에서 예수님을 만나는 기쁨이 세대를 넘어
전해지기를 희망하며 기도한다.

내가 받은 선물들

내 삶을 바꾼 28년

1997년 12월 잘못 작성한 회원가입신청서로 시작된 나의 빈첸시안 여정은 되돌아보니 28년이 흘렀다. 앞을 보면 아직 가야 할 길이 남아 있다.

처음 어려운 이웃을 만났을 때 나는 내가 가진 시간과 물질을 나누어주는 것이라고 여겼다. 하지만 내가 받은 것이 훨씬 많다는 것을 시간이 지나며 알게 되었다.

28년간 빈첸시오 활동을 하며 나는 많은 것을 받았고 겸손을 배웠다. 가난한 이들이 얼마나 순수하고 감사할 줄 아는지를 보며 배웠다. IMF 위기 속에서도 9평짜리 집에서 회갑잔치를 열며 이웃을 초대하는 어른을 보며 배웠다.

알코올 중독으로 가족에게 폭언하던 형제가 몇 년에 걸쳐 변화하는 것을 보며 인내를 배웠다. 한 번의 방문으로 변화가 일어나지 않으며 포기하지 않는 것의 힘을 믿게 되었다. 그리고 지속적인 관심과 사랑은 반드시 열매를 맺는다는 것 또한 알게 되었다.

IMF 위기 때 밤낮없이 일하며 힘들어할 때, 어려운 이웃을 만나며 내게 주어진 일이 많다는 것에 감사하는 마음을 갖게 되었다. 그들은 일할 수 있는 기회조차 없었다. 나는 일할 수 있다는 것에 감사하게 되었다.

백혈병으로 죽어가는 딸을 지켜보던 어머니를 만난 후, 나는 묵주기도를 생활화하게 되었다. 십자가에 못 박힌 예수님을 바라보며 기도하던 성모님의 심정으로 기도하게 되었다. 어려운 이웃이 내게 기도의 길을 열어주었다.

출세 지향적이고 경쟁 지향적이던 내 삶이 시기와 질투가 사라지고 상대를 있는 그대로 존중하는 평화의 삶으로 바뀌었다. 앞으로 얼마나 더 이 길을 걸을 수 있을지 모른다. 하지만 분명한 것은 이 길이 내 삶을 완전히 바꾸어놓았다는 것이다. 그리고 그 변화는 모두 선물이었다.

정책전문가와 경영자에서 봉사자로

나는 어려움과 역경 속에서도 집안 가정을 살리고 사회적으로도 나름의 성취를 이루었다.

IMF 위기 때는 5대 그룹 구조조정을 실무 총괄하며 경제단체 임원으로서 정책전문가와 칼럼리스트로 큰 역할을 했다.

직장에서는 효율성이 최우선이었다. 주어진 시간과 예산 안에서 최대의 성과를 내야 했다. 목표 지향적이고 성과 중심적인 사고방식이 몸에 배었고 그것이 프로의 자세라고 믿었다.

그런 내가 빈첸시오 활동을 시작했다. 처음에는 직장에서 하던 방식으로 접근했다. 효율적이고 목표지향적으로 어려운 이웃을 도우려 했지만 그것은 맞지 않았다. 사람은 프로젝트가 아니며 성과로 측정할 수 있는 대상이 아니었다.

시간이 지나며 나는 효율성보다 관계가 중요하다는 것을 배웠고 성과보다 과정이 더 중요하다는 것을 깨달았다. 한 사람을 일으키는 데 몇 년이 걸릴 수도 있으며 때로는 변화가 눈에 보이지 않을 수도 있다. 하지만 그것이 중요하지 않다는 것을 알게 되었다.

정책전문가로서 나는 거시적 관점에서 생각하는 데 익숙했었다. 통계와 데이터로 세상을 봤었다. 하지만 빈첸시오 활동은 나를 현장으로 이끌었으며 한

사람 한 사람의 얼굴을 보고 그들의 이야기를 듣게 했
다. 거시적 관점과 미시적 현실이 만나는 지점에서
나는 성장했다.

경영자로서 나는 리더십을 발휘하는 데 익숙하고
지시하고 관리하는 일에 능숙했었다. 하지만 평신도
리더십의 공동체인 빈첸시오회는 섬기는 리더십을 요
구했다. 나는 지시하는 리더에서 섬기는 일꾼으로 변
해갔다.

지금도 나는 정책전문가이고 경영자이지만 동시
에 나는 어려운 이웃을 섬기는 사람이다. 이들 간의
정체성은 충돌하지 않으며 오히려 서로를 풍성하게
한다. 정책전문가와 경영자로서의 경험이 봉사 활동
에 도움이 되고 봉사자로서의 현장 경험이 정책 입
안과 조직 운영에 영감을 준다.

28년의 여정은 변신의 과정이었다. 하지만 정확히
말하면 변신이 아니라 확장이었다. 내가 가진 것에

새로운 차원이 더해진 것이다. 정책전문가와 경영자
에서 봉사자로. 아니, 정책전문가이자 경영자이자 봉
사자로. 그렇게 나는 더 풍성한 사람이 되어갔다.

주는 것이 아니라 받는 것이다

사람들은 28년간 봉사하느라 힘들지 않은지 종종 묻지만 나는 그저 미소로 대답할 뿐이다.

"가난한 이를 섬기는 것은 그들에게 베푸는 것이 아니라, 그들로부터 받는 것이다."

– 빈첸시오 성인

처음에는 나도 이해하지 못하고 내가 주는 것이라고 생각했었다. 내 시간과 재능 그리고 관심을 어려운 이웃에게 주는 것이라고 생각했었다. 하지만 시간이 지나며 내가 받은 것이 훨씬 많다는 것을 깨달았다.

어려운 이웃으로부터 나는 겸손을 배웠다. 9평짜리 집에서 회갑잔치를 열며 이웃을 초대하는 어른, 백혈병 딸을 떠나보내며 간구하는 어머니, 알코올 중독에서 벗어나 "기도하겠습니다."라고 말하는 형제 그리고 그들의 겸손이 나의 교만심을 내려놓게 했다.

그들은 작은 것에도 감사했다. 한 번의 방문에, 짧은 대화 그리고 소액의 지원금에 대해 진심으로 고마워했다. 그들의 감사하는 마음씨가 나를 더 감사하는 사람으로 만들었다. 그리고 내게 주어진 모든 것에 감사하게 되었다.

어려운 이웃은 나를 위해 기도해 준다. "저희를 위해 기도해 주십시오."라고 부탁하면, 그들은 "제가 할 수 있는 것은 기도뿐입니다."라고 대답한다. 힘든 순간마다 그들이 나를 위해 기도하고 있다는 것을 생각하면 마음의 큰 위로가 된다.

어려운 이웃으로부터 나는 희망을 얻게 된다. 절망적인 상황 속에서도 그들은 희망을 잃지 않았다. 백혈병으로 딸을 떠나보낸 어머니가 다시 일어서고 알코올 중독에서 벗어난 형제가 절망을 극복하고 새 일자리를 찾았다. 고3 딸이 자살을 시도했던 가정은 건강하고 행복한 가정으로 돌아왔다. 이들의 변화가 나에게도 희망을 준다.

어려운 이웃들은 우리를 가족처럼 대하고 길거리에서 만나면 안부를 묻고, 감사 인사를 한다. 그들의 사랑이 내 마음을 따뜻하게 한다.

28년간 나는 주는 것보다 받은 것이 더 많다. 물질로 환산할 수 없는 소중한 것들을 선물로 받았다. 그래서 나는 오늘도 기쁘게 어려운 이웃을 찾게 된다.

빈센트 성인이 내게 가르쳐준 것들

28년간 빈첸시오 활동을 하며 나는 빈센트 성인을 알아갔다. 책으로, 강연으로, 무엇보다 현장에서 그분을 만났다. 400년 전에 사셨지만 그분은 오늘도 살아 계신다. 그분의 가르침은 여전히 유효하다.

빈센트 성인은 내게 가난한 이들 안에서 예수님을 만나는 법을 가르쳐주었다. 처음에는 어떻게 가난한 이 안에서 예수님을 만날 수 있을지 이해하지 못했다. 하지만 시간이 지나며 조금씩 깨달았다. 어려운 이웃을 섬길 때 나는 정말 예수님을 섬기고 있었다.

또한 성인은 단순함의 힘을 가르쳐주었다. 복잡한

프로그램이나 화려한 행사가 아니라 단순히 찾아가서 대화하고 함께 기도하는 것이 빈첸시오회 활동의 핵심이다. 그 단순함이 400년을 이어왔고 전 세계 80만 회원을 움직이고 있다.

빈센트 성인은 또 부자와 가난한 이를 연결하고 도움이 필요한 이와 도울 수 있는 이를 연결하는 다리Bridge 역할의 중요성을 가르쳐주었다. 다리Bridge 역할을 통해 나 자신이 부자가 아니어도 이웃사랑을 실천할 수 있음을 일깨워 주었다. 요셉의원 사례가 그것을 증명했다.

빈센트 성인은 물고기를 주기보다 물고기 잡는 법의 중요성도 일깨워 주었다. 실직한 아버지에게 일자리를 찾아준 것, 자녀들에게 학자금을 지원해 취업을 시켜준 것이 물고기 잡는 법을 가르쳐준 사례다.

빈센트 성인은 지시하고 관리하는 리더십이 아니라, 섬김의 리더십을 가르쳐주고 형제애로서 함께 기도하고 함께 결정하는 민주적 공동체의 아름다움을 가르쳐주었다.

그리고 기도만으로는 부족하고, 실천만으로도 부족하며 기도와 실천이 조화롭게 이루어져야 함을 일깨워 주었다. 기도하며 실천하고, 실천하며 기도하는 삶. 그것이 희망 안의 섬김Serving in Hope의 정신이다.

빈센트 성인은 또 변화를 두려워하지 말고 본질을 지키되 형식은 바꾸는 지혜를 가르쳐주었다. 400년 전에도 성인은 파격적인 변화를 시도하였다. 여성들을 거리의 봉사자로 내보내고, 평신도가 주도하는 조직을 만들었다.

28년간 빈센트 성인은 나의 스승이었고 앞으로도 그럴 것이다. 그분의 가르침은 무궁무진하다. 나는 아직도 배우고 있다.

아내의 해바라기 그림

　몇 달 전, 한 사제가 미사강론에서 자신의 25년 후 임종을 생각하며 쓴 글을 들려 준 적이 있다. 그의 후회하는 일들을 들으면서 몇 달 전에 있었던 아내의 개인전시장 한 구석에 걸린 해바라기 그림들이 떠올랐다. 아내는 관람객들에게 자신의 그림을 설명하는 중에 한쪽 구석에 걸린 10여 점의 해바라기 그림에 대한 이야기도 들려주었다.

　전시 설명을 듣던 나는 그 순간 마음이 멎었다. 놀랍게도 그 해바라기 그림들이 모두 2020년, 코로나 팬데믹이 막 시작되던 시기에 그려졌다는 것이다.

그 무렵 나는 한국 빈첸시오회 회장으로서 대구와 안동을 방문해야 했다. 코로나 감염병이 어느 누구도 가까이하기 두려운 공포의 이름이던 때, 사람들은 방문을 만류했고 나조차 두려웠다.

그러나 회장으로서, 봉사자로서, 누군가는 가야 했다. 나는 임원들과 함께 약품과 마스크, 방한복 등을 들고 현장을 다녀왔다. 돌아와서도 아무 일 아닌 듯 지냈지만, 최근까지 미처 알지 못한 사실이 있었다.

내가 대구와 안동에 다녀오던 바로 그 시간, 아내는 해바라기를 그리며 코로나 감염병의 공포감 극복과 남편의 무사 귀환을 위해 기도하는 마음으로 그린 그림들이라는 것이다. 전시장에 걸린 해바라기들 하나하나가 그 시절의 두려움과 간절함, 그리고 말로 표현하지 않았던 사랑의 기록이었다.

그 해바라기 속에서 나는 늦은 후회와 따뜻한 위로를 동시에 만났다. 언제나 햇빛을 향해 고개를 드는 꽃처럼, 아내의 마음도 묵묵히 나를 비추고 있었다. 그날의 해바라기는 그저 그림이 아니라, 아내의 공포감 극복과 나를 위한 간절한 기도였다는 것을 이제야 알았다. 내가 세워둔 수많은 책임과 의무 뒤에는 아무 말 없이 나를 지켜보며 기도하던 누군가의 마음이 있었다는 것을 나는 그날 새삼 깨달았다.

이후 그 사제의 강론과 아내의 해바라기 그림을 통해 이웃에 대한 관심과 함께 가족에 대한 배려심도 한층 새롭게 하는 계기가 되었다. 중요한 의사결정을 할 때에는 아내와 가족과 함께 소상히 상의하는 습관을 갖게 된 것은 빈센트 성인이 가르쳐준 소중한 선물이다.

어려운 이웃과 함께하려는 이들에게

28년을 걸어온 길. 이제 후배들에게 바통을 넘길 시간이 다가온다. 무엇을 남기고 싶은가. 무엇을 전하고 싶은가. 많은 생각이 스쳐 지나간다.

첫째, 본질을 잊지 말자. 빈첸시오회의 본질은 가난한 이들 안에서 예수님을 만나는 것이다. 희망 안의 섬김Serving in Hope의 정신이다. 프로그램이 아무리 훌륭해도, 조직이 아무리 잘 짜여 있어도, 이 본질을 잃으면 의미가 없다. 가난한 이를 진심으로 섬기는 것. 그것이 전부다.

둘째, 변화를 두려워하지 말자. 시대도 변하고 가난의 형태도 변한다. 고독사, 디지털 격차와 같은 새로운 빈곤에 우리는 유연하게 대처해야 한다. 하지만 두려워하지 말자. 빈센트 성인도 그 시대의 새로운 가난에 과감히 도전하였다. 본질을 지키되 형식은 바꿀 수 있다.

셋째, 함께 가자. 혼자서는 멀리 갈 수 없다. 협의회의 힘, 지역사회의 힘, 전국 네트워크의 힘을 믿자. 빈첸시안의 연대도 중요하다. 사랑의 딸회, 빈센트 수녀회, 사랑의 시튼 수녀회 등 모든 빈첸시안과 함께할 때 우리는 더 큰 일을 할 수 있다.

넷째, 희망을 잃지 말자. 현실은 늘 어렵다. 회원은 부족하고, 재원은 한정되어 있고, 어려운 이웃은 늘어만 간다. 위기도 온다. 하지만 절망하지 말자. 우리에게는 400년의 경험과 전 세계 80만 회원이 있다. 무엇보다 우리와 함께하시는 하느님이 계신다.

다섯째, 작은 것을 소중히 하자. 한 번의 방문, 짧은 대화, 함께하는 기도. 작은 것 같지만 그것이 누군가에게는 전부일 수 있다. 내가 빈센트 성인의 길을 걸어온 것이 그러하듯이. 작은 실천이 세상을 바꾼다.

여섯째, 기쁘게 하자. 봉사는 의무가 아니라 기쁨이다. 억지로 하는 봉사는 오래가지 못하지만 기쁨과 희망으로 하는 봉사는 평생을 간다. 지난날을 걸어오며 내가 배운 것이 그것이다. 어려운 이웃을 만나는 것이 기쁨이 되었을 때 그것은 의무에서 소명이 되었다.

일곱째, 섬기는 자세로 가자. 물질적으로만 돕는 것이 아니고 섬기러 가는 것이다. 어려운 이웃으로부터 우리는 겸손을, 감사를, 희망 그리고 사랑을 배운다. 주는 것보다 받는 것이 더 많다는 것을 잊지 말자.

28년의 경험을 담아 이것을 후배들에게 전한다.

하지만 말보다 중요한 것은 행동이다. 나는 오늘도 어려운 이웃을 만난다. 그것이 내가 후배들에게 남길 수 있는 가장 좋은 유산이라고 믿는다.

오늘도 누군가의 문을 두드린다

오늘도 나는 누군가의 문을 두드린다. 28년 전 그랬듯이 오늘도 내일도 어려운 이웃을 찾을 것이다.

나이가 들어 활동회원으로서 어려운 이웃에 다가갈 수 없는 처지가 되더라도 시공을 초월하는 협의회 정신에 따라 어려운 이웃의 소식을 접하면 새로운 형태로 그들을 돕는 일에 동참할 것이다.

오랫동안 수없이 많은 문을 두드렸다. 처음에 누군가의 사적 공간에 들어가 그들의 삶에 개입한다는 것이 낯설었다. 하지만 시간이 지나며 익숙해지고 가족처럼 친근하게 다가갈 수 있었다.

　문을 두드릴 때마다 오늘은 어떤 기쁜 소식이나 슬픈 소식을 접하게 될지 긴장하면서도 설레게 된다. 빈센트 성인의 말씀처럼, 그 문 안에서 나는 어려운 이웃과 함께하시는 하느님을 만날 것이기 때문이다.

　어떤 날은 취업했다는 소식, 건강이 나아졌다는 소식 그리고 자녀가 학교에 잘 적응하고 있다는 소식과 같은 기쁜 이야기를 듣는다. 그럴 때 나는 함께 기뻐하며 그들의 기쁨이 나의 기쁨이 된다.

　어떤 날은 병이 악화되었다는 소식, 해고당했다는 소식 그리고 가족 간에 갈등이 생겼다는 소식과 같은 슬픈 이야기를 듣게 된다. 그럴 때 나는 함께 아파하며 그들의 슬픔이 나의 슬픔이 된다.

　하지만 기쁘든 슬프든 함께 기도하고 함께 해결책을 찾으며 그들과 함께하며 혼자가 아니라는 것을 알려준다. 그것이 내가 할 수 있는 전부이며 그것으로 나의 보상은 충분하다.

28년간 나는 많은 사람을 만났다. 그들 중 일부는 이 세상을 떠났다. 백혈병 소녀, 고인이 된 동료 빈첸시안, 그리고 함께 봉사해 온 수많은 이들이 떠오른다. 그들을 생각하면 마음이 아프다. 하지만 그들을 만날 수 있었던 것에 감사하며 매일 미사 속에서 기억할 수 있어 행복하다.

그동안 나는 절망에서 희망으로, 분노에서 평화로, 고립에서 관계로, 한 사람 한 사람의 변화가 모여 공동체가 변하고 사회가 변하는 것을 목격했다. 나는 그 변화의 작은 부분이 될 수 있었던 것에 감사한다.

28년이 지났지만 나는 여전히 어려운 이웃으로부터, 동료회원들로부터, 그리고 빈센트 성인으로부터 배우고 있다. 배움은 끝나지 않고 성장도 끝나지 않는다.

오늘도 나는 글을 쓰며 지난날처럼 조금은 긴장하고 설레는 마음으로 어려운 이웃의 문을 두드린다.

그리고 앞으로도 살아있는 한 나는 계속 문을 두드릴 것이다. 이것이 내가 받은 소명이며 내가 선택한 길이다. 이것이 빈센트 성인이 내게 준 가장 큰 선물이다.

희망 안에서 섬기는 삶Serving in Hope.

내가 만난 빈센트

빈첸시오 성인

빈센트_{빈첸시오 성인}는 누구인가

성 빈첸시오 아 바오로의 생애 주요 연표
그리고 빈첸시오회 설립사

1581 빈첸시오는 드 폴 가문의 셋째 아이로, 푸이Pouy, 랑드 지방에서 태어났다.

1595 빈첸시오는 닥스Dax에 있는 코르들리에 학교Collège des Cordeliers에서 공부하기 위해 푸이를 떠났으며, 닥스의 공증인이자 푸이의 판사였던 드 코메 씨의 집에 머물렀다.

1597 툴루즈 대학교에서 신학 공부를 시작했다.

1600 9월 23일, 페리괴의 주교 프랑수아 드 부르데유 주교로부터 샤토 레베크Château l'-Évêque에서 사제 서품을 받았다.

1610 마르그리트 드 발루아 왕비의 궁정 사제가 되었다.

1612 5월 2일, 클리시Clichy의 본당 신부가 되었다.

1613 드 공디De Gondi 가문의 가정교사가 되었다.

1617 간Gannes과 샤티용Chatillon에서 영적·물질적 가난 속에 있는 사람들을 만나, 가난한 이들을 위해 자신의 삶을 바치기로 결심했다.
샤티용 본당 신부로서 8월에 최초의 자선 Confraternity of Charity를 조직하였다.
12월 24일, 다시 드 공디 가문으로 돌아갔다.

1619 2월 8일, 갤리선노예선 사목을 담당하는 군목이 되었다.

1620 농촌 지역 선교와 자선회 활동이 늘어나고 확산되었다.

1623 보르도에서 갤리선 노예들을 위한 선교 중, 고향을 마지막으로 방문했다.

1625 4월 17일, 선교회Congregation of the Mission 설립 계약서에 서명했다.

1628 보베Beauvais에서 서품 후보자들을 위한 피정을 지도한 뒤, 성직자 양성에 전념하게 되었다.

1633	11월 29일, 빈첸시오 아 바오로와 루이즈 드 마리악은 병든 가난한 이들의 봉사자인 자선의 딸회Daughters of Charity를 설립했다.
1633	당시 성직자들의 지도층 인사들이 빈첸시오가 조직한 화요일 회합Tuesday Conferences에 정기적으로 참석했다.
1638	빈첸시오는 유기아Foundlings, 버려진 아이들를 위한 활동을 시작했다.
1639	전쟁으로 황폐해진 로렌 지방을 돕기 위해 앙제Angers에 위치한 병원에 자선의 딸회 수녀들을 파견했다.
1640	리슐리외 추기경과 평화를 위해 협상Negotiation을 했다.
1643	양심위원회Council of Conscience 위원으로 임명되었으며, 루이 13세의 임종을 도왔다.
1646	선교사들이 Algiers와 Tunis로 가서 그리스도인 노예들의 몸값을 지불하고 구출했다.
1648	마다가스카르로 첫 선교사들을 파견했다.

1649	오스트리아의 안 왕비와 마자랭 추기경에게 평화 정착을 강력히 호소했다.
1651	전쟁으로 황폐해진 피카르디, 샹파뉴, 일드 프랑스 지역에 구호를 보냈다. 선교회는 폴란드에 설립되었다.
1660	3월 15일, 루이즈 드 마리악 선종. 9월 27일 새벽, 빈첸시오 신부 선종.

문의처 〈빈첸시오 센터Vincentian Center〉

성 빈첸시오 아 바오로의 출생지
40990 생 뱅상 드 폴St Vincent de Paul

전화: 05 58 55 93 11
이메일: accueil@oeuvreduberceau.fr

- **자선의 형제회**The Confraternities of Charity
  가난한 이들을 섬기는 데 헌신한 평신도 단체이다. 오늘날 전 세계 곳곳에 성 빈첸시오 팀들이 활동하고 있다.

- **선교회**The Congregation of the Mission, 빈첸시오회
  가난한 이들에게 복음을 전하기 위해 마을들을 순회하던 사제들로 처음 구성되었다. 오늘날 전 세계에 약 5,000명의 회원이 있다.

- **애덕의 딸회**The Company of the Daughters of Charity
  루이즈 드 마릴락과 성 빈첸시오의 협력으로 설립되었다. 마르그리트 나조와 최초의 자매들로부터 시작되어, "가난한 이들 가운데서 가장 가난한 이들을 육체적으로 그리고 영적으로 섬기기 위해 하느님께 전적으로 봉헌된 가난한 이들의 종들"이 되었다.

- **성 빈첸시오 협의회**The Conferences of Saint Vincent de Paul
  빈첸시오 영성의 전통 안에서, 프레데릭 오자남은 1833년에 성 빈첸시오 협의회를 설립하였다. 오늘날 전 세계에 80만 명 이상이 활동하고 있다.

성 빈첸시오의 정신으로 살아가는
많은 단체들과 수도회들이 전 세계에 존재한다.

"우리가 하느님의 일을 돌보면,
그분께서 우리의 일을 돌보아 주실 것이다."
(선교사들에게, 1650.01.09)

"기도하는 사람을 하나만 달라.
그는 모든 것을 해낼 수 있을 것이다."
(날짜 없음)

"나의 딸들아, 가난한 이들을 섬기기 위해 기도와 미
사를 떠난다 해도 너희는 아무것도 잃지 않는다.
가난한 이들에게 가는 것은 곧 하느님께 가는 것이
기 때문이다.
너희는 그들 안에서 하느님을 보아야 한다."
(자매들에게, 1634.07.31)

"중요한 일에서 하느님의 어머니를 모시고 보호자로
삼는다면,
그 일이 성공하지 않을 수는 없다."
(1617.08.13)

"왜 하느님께서 동정 마리아를 바라보셨는가?
그녀 자신이 말하였다. '그것은 나의 겸손 때문이다.'"
(1659.07.14)

"교회의 가장 큰 필요는 복음의 사람들이다."
(선교사들에게, 1647.06.15)

Ranquines, 이곳, 소박한 한 가정에서
빈첸시오 아 바오로가 태어났다.
"우리 가운데 어떤 이들은 가난한 이들에게 복음을
전하고
그들의 영적 필요만을 돌보며 물질적인 필요는 돌보
지 않아도 된다고 생각한다.
그러나 나는 말한다. 우리는 그들을 모든 면에서 도
와야 하며,
우리 자신으로 또 다른 이들을 통해서도 도와야 한다.
말과 행동으로 복음을 전하는 것,
이것이 가장 완전한 방법이다."
(선교사들에게, 1658.12.06)

"우리의 소명 안에서 우리는 주 예수 그리스도와 깊
이 닮아 있다.
그분께서는 세상에 오시어 가난한 이들을 돕는 일을
가장 큰 관심사로 삼으신 것처럼 보인다.
만일 선교사에게 '당신의 사명은 무엇입니까?'라고
묻는다면

'주님께서 나를 가난한 이들에게 복음을 전하도록
보내셨습니다.'라고
말할 수 있다면, 그것보다 더 큰 행복이 어디 있겠
는가?"
(선교사에게, 1638.10.29)

"우리는 예수 그리스도의 유산과 가난한 이들의 노
동으로 살아가고 있다.
나는 종종 생각하며 큰 혼란을 느낀다.
'가련한 사람아, 네가 먹으려는 그 빵,
그것이 가난한 이들의 노동에서 나온 빵이 아니냐?'"
(강론, 1655.07.24)

"내가 항상 가져온 확신은 이것이다.
참된 종교, 진정한 종교는 가난한 이들 가운데에 있다."
(선교사에게, 1659.03.14)

성 빈첸시오의 유해는 1737년 시성된 후
파리의 성 빈첸시오 드 바오로 경당Chapelle Saint-
Vincent-de-Paul에 모셔져 있다.
또한 중국에서 순교한 두 명의 성인,
성 프랑수아 레지 클레와
성 가브리엘 페르보아르의 유해도 이 경당에 있다.